해명

해명

유두진 소설

교유서가

해명

-정말 어처구니가 없군요! 선생이라는 사람이 어떻
  게 그럴 수가…….
-양심도 없는 여자 같으니라고, 당장 파면하고 공개
  처형해!
-이런 쌍, 니가 선생이냐 도둑년이지. 대체 아이들이
  뭘 보고 배우겠니!

  인터넷 게시판에 비난 댓글의 강도가 거세지고 있
었다. 다들 격분한 상태였다. 수희는 댓글을 읽지 않았
다. 사건 이후 컴퓨터는 물론 휴대폰조차 꺼놓았다. 그

리고 도망치듯 집에서 나왔다. 평택과 대전을 떠돌던 수희는 시외버스를 타고 태안으로 왔다. 그녀의 눈앞엔 서해안의 황톳빛 바다가 넘실대고 있다. 별다른 감흥은 없었다. 얼굴을 때리는 찬 기운만이 그저 아릴 뿐이었다.

수희는 모래사장 너머 상가촌으로 발길을 옮겼다. 비수기였지만 겨울 바다를 찾는 방문객도 드문드문 있었기에 몇몇 곳은 문을 열고 있었다. 사격장과 오락실을 지나니 번데기를 파는 파라솔 노점상이 나왔다. 그 뒤로 커피숍이 보였다. 출입구 앞에 눈길을 끄는 게 있었다. 공중전화부스였다. 주황색 전화기 본체, 때 낀 다이얼, 은색 동전 투입구…… 80년대에나 볼 수 있던 고물 전화기였다. 장식용으로 갖다놓은 듯했다. 수희는 공중전화 쪽으로 가까이 다가갔다. 먹통일 확률이 높았지만 호기심에 수화기를 들어보았다.

주화를 넣어주세요,

안내 음성이 나왔다. 의외로 작동을 하고 있었다. 사람들과 접촉을 끊고 휴대폰조차 꺼놓은 지 나흘째였다. 수희는 별 의미 없이 들어본 공중전화기를 내려놓기가 힘들었다. 그냥 갈까? 갈등하면서도 손은 동전을 찾았다. 눈앞에 다이얼이 버티고 있으니 어디론가 전화를 해야 할 것 같은 강박이 왔다. 먼저 생각난 사람은 남편이었다. 하지만 통화해봐야 마음만 심란할 것 같았다. 수희는 핸드백에서 학생 주소록을 꺼냈다. 이후 전화기에 손을 댔다 뗐다 반복하다 천천히 다이얼을 돌렸다.

뚜우우,

연결음이 한 번 울렸다. 그리고 달깍, 상대방이 전화를 받았다. 곧바로 된 연결에 수희는 당황했다. 여차하면 끊어버릴 계획이었으나 틈을 놓쳤다.

"여보세요."

수화기 너머로 앳된 목소리가 들려왔다. 제자였다. 수희는 아무 말도 할 수가 없었다. 여보세요, 여보세요. 전화 속 목소리는 계속해서 응답자를 찾았다. 그리고,

"서…… 선생님? 장수희 선생님? 마…… 맞으시죠?"

전화한 사람을 알아냈다. 수희는 움찔했다. 더는 움츠리거나 내뺄 수 없었다.

"그…… 그래 나야. 선생님이야."

겨우 대답한 뒤 마른침을 삼켰다.

"선생님."

"으…… 응, 그래."

"죄…… 송해요. 제가 잘못했어요……."

아이의 목소리가 떨렸다. 수희의 손에는 땀이 스몄다. 물론 제자도 잘한 건 없었다. 하지만 잘못은 분명 자신에게 있었다. 어리고 순진한 제자는 이 모든 게 자기 잘못인 양 자책하고 있었다.

"너무 무서워요. 기자 아저씨들한테 계속 연락이 오고…… 저…… 잡혀가는 건가요?"

제자가 울먹이며 물었다. 아직도 파장이 계속되는 모양이었다. 수희는 통화를 계속하기가 힘들었다. 서둘러 끊고 공중전화부스를 나오고 싶었다. 그러나 그럴 수가 없었다. 수화기 너머로 거친 음성이 날아왔기 때문이었다.

"이봐요. 선생님! 지금 어디예요? 어디서 뭐 하는 거냐고요!"

전화를 낚아챈 제자의 엄마가 소리를 질러댔다. 깜짝 놀란 수희는 수화기를 떨어뜨릴 뻔했다.

"참 뻔뻔한 분이네요! 사고 쳐놓고 수습할 생각은

않고 도망을 가다니요. 당신 선생 맞나요?"

날 선 말이 계속됐다. 수희는 손이 떨려왔다. 제자 엄마의 몰아침에서 벗어나기 위해 딸깍! 수화기부터 내려놓았다.

전화부스 문을 밀치고 나오는데 다리가 후들거렸다. 모든 것을 되돌리고 싶었다. 평온했던 두 달 전의 그 시점으로 돌아가고 싶었다. 그러나 시간을 되돌릴 순 없었다. 1월의 칼바람이 매섭게 얼굴을 할퀴며 현실을 알려줄 뿐이었다.

*

두 달 전, 11월의 어느 주말이었다. 수희는 기차 안에 있었다. 목적지는 남부의 소도시 G시였다. 시(市)로 승격된 지 얼마 안 된 시골마을이었다. 소녀 시절 떠난 후 한 번도 찾지 않았던 고향이었다. 고향행 기차에 올라탄 건 중학교 동창회 때문이었다.

기차엔 손님이 많았다. 말갛게 웃으며 MT 장소로 향하는 대학생들, 뭔가 바리바리 싸들고 주위를 두리번거리는 할머니, 김이 서린 기차 유리창에 낙서를 하는 아이들……. 목적지와 사연은 각자 다르지만 들뜬 표정이라는 공통점이 있었다. 수희는 들썩거릴 여유가 없었다. 기차 안에서도 업무를 해야 했다. 반 아이들이 제출한 동시를 심사하는 일이었다. 수희는 ㄱ초등학교 5학년 1반 담임이었다. 5학년 동시 수업은 이미 1학기 때 끝난 상황이었다. 2학기도 한참 꺾인 11월에 동시를 다시 뒤적거리는 건 새로 부임한 교장 때문이었다. 신임 교장은 의욕 넘치는 사람이었다. 취임하자마자 학교 홈페이지를 갈아엎었고, 폐쇄했던 합창부와 합주부를 부활시키는가 하면, 지역공동체 사업을 한다며 학부모들을 교통정리에 참여시켰다. 그런 그가 새로 추진하려는 사업은 '새싹들의 문예교실'이었다. 문학을 통해 아이들의 예술적 감성을 일깨우겠다고 했다. 학생들이 제출한 동시와 수필을 심사한 후 우수 작품은 학교 홈페이지에 올리겠다고 했다. 교장의 활동성은 인정해줄 만했으나, 같이 일하는 교사들은 피곤할 뿐이었다.

　-학기말이라 진도 맞추기도 바쁜데.
　-이미 벌인 사업들 진행하기도 벅찬데.

-학생상담 및 학부모 면담도 밀려 있는데.

교무회의 시간에 교사들의 불평이 터져나왔다. 교장은 잠시 주춤했다. 그러나 그는 고집이 있었다. 인문학적 소양과 창의력을 기르는 데 있어 '새싹들의 문예교실'이 큰 역할을 할 거란 뜻을 굽히지 않았다. 그는 교사들의 반발을 잠재우기로 했다. 그러기 위해선 자기편이 있어야 했다.

"장수희 선생님은 시인이시라고 들었는데요. 맞나요?"

교장이 지목한 '자기편'은 수희였다. 시인이니까 문학의 중요성을 잘 알 것이고, 그런 만큼 자신의 뜻에 동참해주리라 생각한 것이었다.

"교사가 아닌 시인의 입장에서 말씀해보세요. 제가지금 고집을 부리는 건가요?"

교장이 말을 이었다. 수희는 뭐라 대답하기가 힘들었다. 그녀 역시 일이 많아지는 건 싫었다. 하지만 말할 때마다 '시인이신'을 강조하며 동참을 원하는 교장을 모른 체할 수도 없었다. 수희는 1년 후 교감 자리를노리고 있었다. 승진을 위해선 몇 가지 연구 실적과 함

께 교장의 추천도 있어야 했다. 척을 져봐야 좋을 게 없
었다.

"뭐…… 문학이 아이들 감수성을 향상시키는 데 좋
은 영향을 줄 수는 있죠."

수희는 미적지근하나마 긍정의 대답을 내놓았다. 교
장은 재빨리 이 틈을 파고들었다.

"제 말에 동의해주셔서 고맙습니다. 장 선생님, 아니
장 시인님."

아예 호칭까지 바꿨다. 수희는 민망해하며 그냥 '선
생님'으로 불러달라고 했다. 교장은 미소 지으며 계속
진도를 나갔다.

"그럼, 일단 문예교실은 이렇게 운영해봅시다."

"……?"

"장 선생님이 담임을 맡고 계신 5학년 1반을 시범 케
이스로 해보죠. 결과가 좋으면 확대 운영하는 거로 하
고요. 어떠세요?"

"……"

수희는 마땅한 대답을 찾지 못했다. 그사이 교장은
"다들 박수 주세요!"라며 마침표를 찍어버렸다. 얼떨
결에 수희네 반은 '새싹들의 문예교실'의 시범학급이

되어버렸다. 이것이 고향행 기차 안에서도 수희가 동시를 뒤적여야 하는 이유였다. 떨떠름한 표정으로 여섯번째 동시 심사에 들어갔을 무렵, 열차가 최고속도를 내기 시작했다. 고향이 점점 가까워지고 있었다.

*

겨울 바다를 찾은 젊은 연인이 모래사장 위에 새우깡을 뿌린다. 어디선가 나타난 갈매기들이 부리를 내밀며 쟁탈전을 벌인다. 그 모습이 재미있는지 주변을 거닐던 여고생들이 깔깔 웃음을 터뜨린다. 그렇게 태안의 겨울 바다는 낭만적인 분위기를 연출하고 있었다. 그러나 수희에게 낭만은 사치였다. 그저 묵묵히 해안가를 걸을 뿐이었다. 발밑에서 파도 거품이 갈라지며 구두에 여운을 남겼다. 수희는 고개를 숙인 채 이 난관의 늪에서 빠져나올 방법들을 생각해보았다. 뾰족한 수가 떠오르질 않았다.

답답한 와중, 뭔가가 '콕!' 머리를 찌른다. 앞에 철조망이 있었다. 걷다보니 군사용 해안경계선에 이른 것이었다. 철조망에는 '돌아가십시오. 길이 아닙니다'라는 안내판이 걸려 있었다. 주위엔 차량 한 대가 서 있었다. 고급 사양의 흰색 벤츠였다. 외진 바닷가, 그것도 철조망 인근에 서 있는 외제 승용차는 다소 낯설었다. 뒷좌석에는 중년여인이 선글라스를 끼고 앉아 있었다. 수희는 여인을 흘끔 쳐다본 뒤 모래사장 밖으로 발걸음을 옮겼다. 집을 떠난 이후 제대로 몸을 추스르지 못했다. 피곤했다. 어딘가 뜨듯한 곳에서 몸을 녹이고 싶었다.

모래사장을 빠져나오니 식당가가 보였다. 한 횟집에서 연기가 솟아오르고 있었다. 생선 굽는 냄새를 품은 바람이 수희 쪽으로 불어왔다. 고소한 향을 맡자 잃었던 식욕이 조금 살아나려 했다. 하지만 거기까지였다. 수희는 걸음을 서둘렀다. 몸을 녹이는 게 우선이었다. 식당가 옆으로 펼쳐진 숙박촌이 눈에 들어왔다. 민박과 여관이 뒤섞인 고만고만한 규모였다.

*

"어머, 수희야. 왔구나!"

동창회장 은설이 수희를 반겨주었다. 중학교 동창회

장소는 G시 초입에 있는 한우 전문점이었다. 가장 큰 테이블이 있는 1호 내실에 10여 명의 동창이 모여 있었다. 은설을 제외한 나머지 친구들은 서먹한 표정으로 수희를 맞았다. 세월에 따른 거리감 때문이었다.

수희의 동창회 참석은 집안 종택 어른의 사망이 계기였다. 외아들을 일찍 잃은 종택 어른은 소유 주택과 목장을 친척들에게 '골고루 나눠주라'라고 유언했다. 그로 인해 먼 친척이던 수희에게도 일정 몫이 돌아왔다. 미국 유학중인 아들의 두 학기 학비를 낼 수 있을 만한 돈이었다. 기분 좋게 아들에게 유학비를 송금한 며칠 뒤 종택 어른의 49재가 열렸다. 별 기억도 없는 친척 어른이어서 장례식엔 참석도 하지 않았던 수희였다. 유산까지 받은 마당에 49재까지 모른 체할 순 없었다. 귀찮은 마음을 누르며 행사가 있던 사찰을 찾았다. 그곳에서 동창회장 은설을 만났다. 어린 시절부터 활달하고 싹싹한 면이 있던 친구였다. 은설은 종택 어른과 친하게 지냈다고 했다. 혼자 사는 종택 어른을 자주 찾아가 말벗도 하고 수발도 들어주었다고 했다. 그런 인연으로 친족관계가 아님에도 49재에 참석한 것이었다. 친척들은 은설의 어깨를 두드려주었다. 수희도 고

마음을 표했다. 그런 수희의 손을 은설이 덥석 잡으며 말했다.

"며칠 뒤 중학교 동창회가 있는데 참석해주겠니?"

수희는 난감했다. 참석하고 싶은 마음이 전혀 없었다. 하지만 친척들이 모여 있는 자리에서 은설이 큰 소리로 제안한 것이었기에 딱 자르기가 어려웠다. 유산만 챙기고 고향은 모른 척한다는 비난을 들을 우려가 있었다.

어쩔 수 없이 동창회에 참석했다. 그리고 마을에 남아 있던 동창들과 다시 만났다. 어릴 때 얼굴이 남아 있는 친구도 있었지만, 아예 바뀌었거나 기억조차 안 나는 친구도 있었다. 다만 그 시절 홍안의 소녀들은 이제 아무도 없었다. 기름 빠진 피부에 머리는 희끗희끗한 중년여인들만 남아 있었다. 군대 간 아들이 휴가 때 사고를 쳐 손녀까지 본 친구도 있었다.

어색하게 인사를 마치고 자리에 앉으니 하나둘 음식이 들어왔다. 과일샐러드, 무생채, 백김치 등 기본 반찬에 이어 모둠전, 낙지볶음, 더덕무침, 탕평채 등이 상에 깔렸다. 몇 분 뒤엔 새우찜, 전복회, 러시아산 대게 등이 나왔다. 최고급 한정식집에서나 나옴직한 곁들이 음식이었다. 수희는 속으로 혀를 찼다. 시골 식당에서 이렇게 퍼주다간 곧 망할 것이란 생각이 들어서였다. 의외의 식당이긴 했다. 지역과 어울리지 않는 고급 인테리어에 큰 평수, 게다가 한우 전문점이라니. 수익이 날지 의문이었다.

마지막 곁들이 음식인 간과 천엽을 테이블에 놓고 종업원이 사라졌다. 곧바로 동창들의 식도락이 시작됐다. 다들 눈을 동그랗게 뜨고 눈앞의 음식을 집어들었다. 쩝쩝거리는 그들과 거리를 둔 채 수희는 최대한 교원의 품위를 유지하려 애썼다. 마지못해 참석하긴 했지만 동창들과 섞이고 싶은 마음은 없었다. 옷매무새 군데군데 묻어 있는 그들의 촌스러움이 거슬렸고 음식 앞에서 정신을 놓는 게걸스러움도 못마땅했다. 쩝쩝거림 속에서 피어오르는 그들의 수다 내용도 수희를 겉돌게 했다. 동네 어귀에 조성될 노송나무길, 부녀회관 리모델링 등 마을 이모저모에서 시작해 새로 파종한 상추, 홍수로 피해 입은 가지 등 경종농사 이야기로 이어졌는데 알아들을 수가 없었다. 오랜만에 만난 자신에게 별 질문을 하지 않는 친구들이 얄밉기도 했다. 수희가 초등학교 교사인 건 동창들도 알고 있었다. 학교

생활 이모저모에 대해 궁금해할 수도 있으련만…….

 가정생활 역시 물어보면 자연스럽게 내세울 만한 게 수희는 꽤 있었다. 유력 공공기업체에서 중역을 역임한 남편, 미국 사립고등학교에서 유학중인 수재 아들, 시집(詩集)을 펴낸 자신의 이력까지. 하지만 동창들은 멀리서 눈치만 볼 뿐이었다. 분위기가 약간 누그러진 건 동창회장 은설이 수희 근처에 자리를 잡으면서부터였다. 이 테이블 저 테이블 다니며 맥주잔을 기울이던 은설은 수희가 겉도는 모습을 보이자 옆으로 다가왔다. 그러고는,

 "수희야, 너 요즘도 시 쓰니?"

 질문을 던졌다. '시'라는 말에 동창들의 시선이 수희 쪽으로 모였다. 수희가 교사인 건 알았지만 시인인 것까지는 몰랐던 모양이었다. 수희는 은설의 질문이 싫지 않았다. 약간 우쭐한 기분도 들었다.

 "얼마 전 시집 낸 후 잠시 쉬고 있긴 하지. 그래도 좋은 시어는 계속 찾고 있어."

 목소리를 낮게 깔며 대답했다. 그런데 난데없이 시 이야기는 왜 꺼낸 걸까.

 "수희야, 사실…… 이번에 우리 부녀회관이 정비 작

업을 했거든."

"응, 옆에서 얼핏 들었어."

"그래서 입구 쪽에 공간이 생겼는데."

"그런데?"

"그곳에 시를 새긴 비석을 하나 세우면 어떨까 해서."

"시비를 세운다고?"

수희가 반문했다. 시비를 세우는 데 왜 마을과 상관없는 자신과 상의를 하는지 의문스러웠다.

"너 시인이잖아. 그래서 네 시를 활용하면 어떨까 해서……."

"뭐?"

수희의 말끝이 올라갔다. 몇몇 동창도 흥미로운 표정으로 은설과 수희를 번갈아 바라보았다. 수희는 잠시 당황했지만, 곧 안정을 찾았다. 한편으론 뿌듯하기도 했다. 고향에 자신의 시를 남기는 건 뜻깊은 일이었다. 은설이 재차 제안한다면 못 이기는 척 수락할 마음이었다.

"어때, 수희야. 괜찮겠니?"

은설이 다시금 제안했다. 수희는 입 끝이 올라가려

는 걸 간신히 참으며 입을 열었다.

"뭐…… 이 자리에서 확답을 할 순 없지만……."

"……."

"심사숙고해볼게."

담담한 척 말했다. 곧바로 수락하면 값싸 보일 것 같아 확답은 안 했지만, 이미 머릿속에선 '어떤 시를 새기면 좋을까?' 선별 작업을 하고 있었다. 시를 새로 쓸 필요까진 없을 것 같았다. 시집에 실린 작품 중 의미 있는 걸 고르면 될 듯했다. 우선「포도 먹은 장미」를 떠올렸다. 장미 가시가 포도알을 터뜨리는 장면을 묘사한 시였다. 귀농가족의 애환을 그린「촌남자」와 비 내리는 하늘의 변화무쌍한 모습을 담은「부채꼴 바늘침」도 머릿속을 스쳐갔다. 어쨌든 자연을 배경으로 한 시가 적당할 것 같았다.

즐거운 고민에 빠졌을 무렵, 드디어 불판이 들어왔다. 그 뒤로 고기가 들어왔다. 최고급 부위인 살치살이었다. 수희는 약간 당황했다. 벽면 메뉴판을 살펴보니 대도시 식당에 비해 결코 싸지 않은 가격이었다. 종업원이 가져온 고기의 양도 상당했다. 이 정도라면 오늘 내야 할 회비가 만만치 않을 것 같았다.

좌아아!

고기 굽는 소리가 청량하게 피어올랐다. 수희는 걱정이 피어올랐다. 내키지도 않는 걸음을 한 동창회에서 뭉텅이 회비까지 낸다면 속이 쓰릴 듯했다. 의외인 건 동창들의 태도였다. 돈 걱정은 안 하는지 고기를 듬뿍듬뿍 불판 위에 올리고 있었다.

'쟤들 돈 많은가?'

약간 짜증 섞인 생각이 고개를 드는 순간이었다. 은설이 젓가락을 들며 큰 소리로 말했다.

"얘들아, 마음껏 먹어. 고깃값 걱정은 말고. 알겠지!"

말을 들은 수희는 뜨끔했다. 꼭 속마음을 들킨 것만 같았다. "얘들아"라고 뭉뚱그려 말했기에 민감하게 반응할 필요는 없었지만, 괜스레 제 발이 저렸다. 그나저나 의문은 남았다.

'이 많은 고깃값을 은설이가 다?'

은설은 동창회장이긴 해도 경제 사정이 넉넉한 친구는 아니었다. 이곳에서 동창들이 먹어치울 한우고깃값은 은설네 가족의 한 달 생활비를 넘어설 것이었다. 하지만 의문은 여기까지였다. 친구의 사정을 사서 걱정

할 필요는 없었다. 걱정 말라니까 걱정 안 하고 고기를 먹기로 했다. 수희는 잘 익은 살치살을 한 점 집어 입으로 가져갔다. 살짝 흘러나오는 육즙이 입안을 부드럽게 감싼 뒤 식도로 넘어갔다. 다시 한 점 먹기 위해 불판에 젓가락을 갖다댔다. 그때였다.

드르륵!

내실 문이 열렸다. 수희는 신경 쓰지 않았다. 종업원이 추가 음식을 가지고 오는 것이라 생각했다. 그런데 종업원의 분주함 대신 동창들의 술렁임이 일었다. 새로운 누군가가 들어오는 모양이었다. 은설이 벌떡 일어나 그 누군가를 맞으러 문 쪽으로 다가갔다.

*

"혼자세요?"

턱수염을 기른 여관 주인이 물었다. 수희가 고개를 끄덕이자 주인은 곤란한 표정을 지었다.

"헛…… 참……."

"왜…… 그러세요? 혹시 방이 없나요?"

수희가 물었다.

"그…… 그게…….."

주인이 대답을 망설이며 수희의 얼굴을 흘끔흘끔 살펴보았다. 묘한 눈빛에 수희는 기분이 상했다.

"방 없으면 나갈게요!"

쏘아대듯 말한 뒤 카운터 뒤로 물러났다.

"자…… 잠깐만요."

주인이 수희를 불렀다. 비수기의 바닷가, 그것도 평일이었다. 방이 없을 리가 없었다. 주인이 머뭇거린 건 혹시 모를 사고 때문이었다. 중년여인이 외딴 바닷가 여관에 홀로 찾아와 방을 주문하는 건 드문 경우였다. 혹시라도 방문 걸어 잠그고 손목을 긋거나 샤워기 줄에 목을 매달지도 모른다는 생각이 든 것이었다. 그렇다고 모처럼 들어온 손님을 지레짐작만으로 놓칠 순 없는 노릇이었다.

"손님, 죄송해요. 잠시만 기다리세요."

주인이 열쇠함을 뒤지기 시작했다. 사과를 받았음에도 수희는 불쾌했다. 가뜩이나 머리가 복잡한데 방 구하는 것조차 신경을 거슬리게 하다니. 그런 기분을 읽었는지 주인이 다시금 사과했다.

"죄송해요. 제가 잠시 딴생각을 하다 머뭇거렸네요.

좋은 방으로 드릴게요."

그래도 수희의 기분은 풀리지 않았다. 그냥 다른 곳
으로 갈까, 하는 마음도 있었다. 그러나 번거로웠다.
주변 대부분은 민박이어서 사생활보호가 쉽지 않았다.
몇 곳 안 되는 여관 중 그나마 깨끗해 보이는 곳을 찾아
들어온 것이었기에 선택의 여지도 많지 않았다. 무엇
보다 여기저기 쏘다닐 기력이 없었다. 수희는 지금 사
면초가에 몰려 있었다. 어떻게든 쉬면서 에너지를 보
충해야 했다.

"알았으니까 빨리 방 키 주세요."

수희가 손을 내밀었다. 주인이 202호 키를 건네며
다시 입을 열었다.

"좋은 방 드리려고 열쇠를 찾다보니 좀 늦어진 겁니
다. 헤헤."

수희는 대꾸하지 않은 채 방 키를 받아들었다.

*

"어머, 조금 늦었구나! 편히 잘 왔니?"
은설이 수선을 떨며 새로 등장한 친구를 맞이했다.

수희는 문 쪽으로 고개를 돌려보았다. 최고급 코트에 밍크 머플러, 오른손에는 프라다 토트백을 든 여인이 은설의 에스코트를 받으며 들어오고 있었다.

'쟤는?'

새로 등장한 여인은 명주였다. 학교에서, 아니 마을 전체에서 가장 빼어난 미모를 자랑하던 친구였다. 흘러간 세월만큼 명주와의 추억은 흐려졌으나 얼굴만은 또렷이 기억났다.

"빨리빨리 가운데 자리 좀 비워줘!"

은설의 외침에 동창들이 분주해졌다. 중요 인사라도 등장한 양 법석을 떨기 시작했다. 수선스러움 속에서도 별다른 어색함은 발견되지 않았다. 명주는 이전에도 동창들과 왕래가 있었던 모양이었다. 불편한 표정으로 어정쩡하게 앉아 있는 건 수희뿐이었다. 명주와 알은체하기가 애매했다. 불편한 상황은 오래 이어지지 않았다. 명주가 수희에게 먼저 다가왔기 때문이다.

"이게 누구야? 너, 수희 아니니?"

명주는 단박에 수희를 알아보았다. 하지만,

"미…… 미안하지만 누구?"

수희는 딴청을 부렸다. 바로 명주를 알아봤다는 티

를 내고 싶지 않아서였다. 수희의 시치미에 명주는 당황했다.

"어…… 어…… 그래. 너…… 나를 못 알아보는 구나…… 나…… 나는……."

명주가 말을 더듬으며 자기소개를 하려 했다. 그러자 옆에 있던 은설이 정색을 했다.

"수희야, 너 명주 몰라? 너네 짝꿍도 몇 번 했었잖아."

"글쎄……."

"명주는 소향골 쪽에 살았었어. 너희 둘은 집도 가까웠잖아. 기억 안 나?"

"아…… 그…… 그랬나."

그제야 수희는 조금 알겠다는 표정을 지었다. 은설은 뭔가를 더 설명하려 입을 크게 벌렸다. 그러자 명주가 제지했다.

"은설아, 됐어. 그만 설명해도 돼. 오랜만에 봐서 기억이 안 났나보지. 어쨌든 반갑다."

명주가 악수를 청했다.

"그래. 명주야. 못 알아봐 미안하다."

수희가 사과하며 명주의 손을 잡았다. 그러면서도

못 알아보겠다는 표정은 계속 유지했다. 인사가 끝나자 은설은 명주를 중앙 좌석으로 안내했다. 명주는 거부했다. 수희 옆에 앉겠다고 했다. 수희는 바짝 밀착해오는 명주가 부담스러웠지만, 딱히 내색할 수도 없었다. 합석하자마자 명주는 수희에 대한 기억을 쏟아냈다.

 ―언니가 둘이었지? 두 살 위랑 다섯 살 위였을걸 아마?
 ―너희 과수원에서 복숭아랑 살구 재배했었지? 씨알이 굵고 싱싱했었는데.
 ―외삼촌은 퇴역하셨니? 직업군인이셨잖아. 네가 가끔 학교에 건빵 가져오던 거 기억난다. 외삼촌이 갖다준 것이라면서.

 수희는 놀랐다. 오랜 세월이 흘렀음에도 명주는 자신에 대한 세세한 일까지 기억하고 있었다. 뇌리에서 거의 사라진 외삼촌의 건빵 이야기까지 끄집어내는 걸 보자 몸이 움찔할 정도였다. 그뿐만이 아니었다. 명주는 수희의 현재에 대해서도 관심을 보였다.

"어떻게 지내니? 직업이 뭐야?"

이 질문은 수희를 은근히 즐겁게 했다. 초등학교 교사로 20년 넘게 근속중이라는 사실을 자연스럽게 알릴 수 있어서였다. 명주는 직급도 물어주었다. 이를 통해 수희는 '1~2년 후쯤 교감 자리를 바라보고 있다'는 계획도 밝힐 수 있었다. 이후에도 명주의 질문은 계속됐다.

아이는?

남편은?

이 질문들은 수희가 동창들에게 품었던 섭섭함마저도 풀어주었다. 수희는 그다지 드러낸다는 느낌 없이 남편이 유력 공사(公社)의 중역이고 아들이 특목고 진학 대신 미국 유학길을 택한 수재라는 점을 내세울 수 있었다.

"와, 그랬구나. 예상대로 훌륭하게 삶을 가꿨구나."

명주가 감탄사를 내뱉었다.

"에이, 뭘."

수희가 겸손의 손사래를 쳤다.

"아니야, 수희 넌 그렇게 멋지게 살고 있을 줄 알았어."

명주의 거듭된 칭찬에 수희는 자기도 모르게 어깨를 들썩였다. 어색함도 많이 사라졌다. 수희는 경계 풀린 표정으로 명주의 얼굴을 바라보았다. 공들여 관리받았음이 분명한 명주의 물광 피부가 반짝이고 있었다.

명주의 시원하고 또렷한 마스크는 어릴 때부터 유명했다. TV에 나오는 하이틴스타들의 얼굴과도 견줄 만한 미모였다. 명주 또한 자신이 예쁜 걸 잘 알았다. 자연스레 장래희망은 배우가 되었고, 그런 만큼 외모 꾸미는 일도 게을리하지 않았다. 문제는 빼어난 용모만큼 지적 능력이 따라주지 않는다는 거였다. 명주는 책 읽는 걸 태생적으로 싫어했다. 베토벤이 작곡가인지 과학자인지 헷갈릴 만큼 일반상식에도 약했다. 그렇다고 가만히 있지는 않았다. 공부 잘하는 모범생과 가까이 지내는 것으로 지적 빈약함을 보완하려 들었다. 특히 새침데기 수희와 가까워지려 부단히 노력했다. 마침 둘은 집도 가까웠다. 명주는 등하교 시간 때마다 수희를 기다렸다. 점심시간에도 "도시락 같이 먹자"며 다가왔다. 그러나 수희는 만만한 친구가 아니었다.

'왜 저런 칠푼이가 나한테?'

곁을 주지 않으며 무시로 일관했다. 명주는 개의치

않고 수희 근처를 서성였다. 얼굴이 예뻐 깍쟁이일 것 같지만 실제 명주의 성격은 수더분한 편이었다. 군것 질거리가 있으면 꼭 수희 몫을 챙겨두었고, 핀이나 헤어밴드 같은 액세서리도 선물로 주었다. 물량공세를 펼치며 다가오는 명주에게 수희도 조금씩 마음을 열었다. 이후 둘은 꽤 붙어다니는 사이가 되었다. 그러나 친밀한 시간은 오래가지 못했다. 연말에 치른 고입 연합고사에서 명주가 미끄러졌기 때문이었다. 그 시절 연합고사는 반에서 제쳐놓은 두세 명을 제외하곤 거의 합격하는 게 일반적이었다. 그런 시험에서조차 미역국을 마셨으니, 명주는 고개를 들지 못했다.

"답안을 밀려 썼나봐. 어떡해!"

명주가 책상에 엎드려 울부짖었다. 그 말을 믿는 친구는 아무도 없었다. 연합고사 실패 후 명주는 고향을 떠났다. 이후 그녀의 소식은 소문으로만 알 수 있었다. 고등학교에 다니다 연예기획사에 들어갔다는 소문도 있었고, 고교 졸업 후 건설회사 비서실에 취직했다가 사장의 애첩이 됐다는 소문도 있었다. 가장 그럴듯했던 건 재수해서 겨우 들어간 고등학교를 2년 만에 중퇴한 후 일본으로 건너갔다는 소문이었다. 시부야의 한 나이트클럽에서 가수로 활동하다 성인물 배우가 되었다는 것이었다. 물론 이 모든 소문은 명주의 빼어난 미모와 배우였던 장래희망에 기인한 것들이었다. 확인할 길은 없었다.

"명주야, 넌 그동안 어떻게 지냈니?"

수희도 명주의 근황을 물어보았다. 딱히 궁금해서라기 보단 자신에게 보여준 관심에 대한 답례 차원의 질문이었다.

"나? 나야 그럭저럭 잘 지내지 뭐. 호호."

명주가 웃으며 입을 가렸다. 표정을 살피니 뭔가 자랑하고 싶어 하는 얼굴이었다. 스스로 말하긴 겸연쩍은 듯 주위를 두리번거렸다. 눈치 빠른 은설이 지원군으로 나섰다.

"수희 넌 오랜만에 명주를 봐서 잘 모르는구나. 얘 요즘 엄청 잘나가."

그래? 수희는 은설의 입에 눈을 모았다. 명주는 탄탄한 사업가라고 했다. 비즈니스 영역도 꽤나 넓다고 했다. 명주가 웃으며 은설을 제지했다.

"호호. 아니야. 거창하게 사업은 무슨. 그냥 자그마한 업체 몇 개 운영하는 거야."

그러면서도 명주는 계속 은설에게 눈빛을 보냈다. 계속해, 계속하라고…… 뉘앙스를 읽은 은설이 말을 이었다.

"작은 사업이 아니야. 명주는 대규모로 부동산 임대업을 하고 있어. 기업 투자도 하고."

빌딩을 여러 채 소유하고 있다고 했다. 일본 화학업체에 큰돈을 투자해 짭짤한 수익을 올리고 있다고도 했다.

"그뿐만이 아니야. 명주는 서울 강남에서 갤러리도 운영하고 있어."

여기서 수희는 놀랐다. 갤러리? 부동산 임대업은 명주의 차림새로 미뤄볼 때 짐작이 가능했다. 하지만 갤러리 운영은 의외였다. 학창시절 명주는 모차르트와 모나리자가 '모' 돌림자를 쓰는 남매인 줄 알던 친구였다. 그랬던 아이가 예술과 연관된 갤러리를 운영한다니, 뜬금없었다. 그나저나 명주는 어떻게 돈을 모았기에 그 많은 사업을 할 수 있는 걸까.

"남편이 재일교포 사업가야. 지금 남편 사업을 돕고 있어. 갤러리는 사회환원 차원에서 하는 거고."

이번엔 명주가 직접 설명했다. 젊은 시절 일본에서

활동했다고 했다. 단역으로 일본 영화에 몇 번 출연했다고 했다. 음반 취입도 한 적이 있다고 했다. 별다른 성공을 거두진 못했다고 했다. 실의에 빠져 있을 때 한 재일교포 사업가의 연락을 받았다. 그는 명주가 출연했던 영화에 제작비를 투자한 사람이었다. 당신의 연기를 눈여겨봤다, 는 사업가의 말은 명주의 마음을 움직였다. 둘은 사랑에 빠졌고 결혼에 골인했다. 결혼생활이 안정기에 접어들었을 무렵, 남편은 한국에 투자를 시작했다. 부동산도 여러 채 사들였다. 명주는 이것들의 관리를 맡은 것이었다. 설명을 들으며 수희는 그간 명주에 대해 떠돌던 소문을 떠올렸다. 일본행, 성인 영화 출연, 나이트클럽 가수, 사장의 애첩 등. 어쩌면 소문만은 아닐 수도 있겠다는 생각이 들었다.

"사실, 이 한우 전문점도 명주가 하는 거야."

은설이 다시 입을 열었다.

"아…… 그래……."

수희가 고개를 끄덕였다. 어느 정도 짐작은 하고 있었다. 어울리지 않게 왜 이 작은 마을에 한우고깃집이 생겼는지, 왜 회비 걱정 없이 고기를 먹을 수 있는지, 왜 동창들이 명주를 귀빈 떠받들듯 떠받드는지.

"4년 전 한국에 돌아와 고향에 가게부터 열었어. 돈 벌려고 하는 건 아니야."

명주가 부연했다. 동네 사람에게는 반값만 받는다고 했다. 마을 잔치 때는 무상으로 장소를 빌려주기도 한단다.

이런저런 개인사 회고가 끝났을 무렵, 추가로 고기가 들어왔다.

"이번엔 생갈빗살입니다."

머리에 띠를 두른 종업원이 불판 옆에 고기를 내려 놓으며 말했다. 뒤에 따라 들어온 종업원은 안창살을 들고 있었다. 역시 고급 부위였다. 명주는 고기에 손도 대지 않았다. 몸매 관리를 위해서인 듯 과일과 샐러드만 깨작거렸다. 동창들은 허리띠를 느슨하게 풀고 다시금 고기를 집어먹기 시작했다. 쉴새없이 고기를 흡입하던 은설은 잠시 숨을 고른 뒤 곁들이 음식으로 나온 러시아산 대게를 집어들었다. 그 모습을 본 명주가 뭔가가 떠오른 듯 손뼉을 쳤다.

"어머머, 네가 대게 든 모습을 보니까 갑자기 톰 행크스 생각이 난다."

"톰 행크스?"

"응, 영화 〈캐스트 어웨이〉 있잖아. 거기서 톰 행크스가 모닥불에 대게 구워먹는 장면 나오잖니."

"……?"

"몰라?"

명주가 물었다. 은설이 "그 영화 못 봤다"라며 고개를 갸웃거렸다. 명주는 안타깝다는 표정을 지었다.

"그걸 못 봤구나. 재미있는 무인도 표류긴데. 로빈 후드 알지? 그걸 본떠서 만든 영화야."

명주의 설명에 이번엔 수희가 고개를 갸웃거렸다. 로빈 후드? 그게 무인도 표류기였던가? 보통의 경우라면 '로빈슨 크루소'를 '로빈 후드'로 잠깐 헷갈렸겠지, 라고 생각했을 것이다. 명주라면 얘기가 달랐다. 로빈 후드의 무인도 표류기임을 확신하고 있을 게 틀림없었다.

'쟤는 변한 게 없구나.'

수희는 실소가 터져나오려는 걸 겨우 참았다. 명주는 머리 채울 시간에 몸매만 가꾼 듯했다. 그래서인지 몸선은 흠잡을 데가 없었다. 40대 후반의 나이임에도 젊은 여자에게 밀리지 않을 만큼 굴곡이 있었다. 적당한 볼륨과 함께 탄력이 넘쳤으며 아랫배는 군살 없이 밋밋했다. 수희는 문득 궁금했다. 명주는 아이가 있을까? 아무리 보아도 애를 낳아본 몸이 아니었다.

"명주야, 아이는 몇 학년이니?"

돌려서 물어보았다. 수희의 질문에 명주는 멈칫했다. 낯빛도 조금 어두워졌다. 수희는 자신의 짐작이 틀리지 않았음을 파악했다. 그래도 다시금 시치미를 떼며 물었다.

"아이는?"

"수희야 사실……."

"……?"

"난 아이가 없어."

명주가 다소 처진 목소리로 대답했다. 노력은 했지만 아이가 안 생기더라는 게 명주의 설명이었다. 마흔이 넘은 이후엔 포기했단다. 어쨌든 수희는 명주가 저토록 좋은 몸매를 유지하는 이유를 알게 되었다. 아이가 없으니 오롯이 자신에게만 투자할 수 있었으리라. 그렇지만 표정이 어두운 거로 봐서 명주는 아이를 상당히 원한 모양이었다.

갑자기 주변 공기가 썰렁해졌다. 은설이 쪽쪽 빨던 게 다리를 내려놓으며 분위기 전환에 나섰다.

"아휴, 자식 있어봐야 뭐 해. 속만 썩이지. 명주 네가 속 편한 거야."

주변 동창들도 한마디씩 거들었다.

"맞아. 무자식이 상팔자야."

"말도 안 들어먹고, 진짜 짜증만 나지."

"자식은 돈 잡아먹는 기계야. 부모 맘도 몰라주고."

그런데도 명주의 표정은 풀리지 않았다. 수희는 입장이 조금 난처했다. 애초 아이 얘길 꺼낸 건 자신이었으니 뭔가 한마디 거들며 '자식 무용론'을 펴야 할 것 같았다. 하지만 명주를 위해 미국에서 공부중인 '잘난' 아들의 꼬투리를 잡을 마음은 없었다.

'무슨 말로 주제를 돌릴까.'

잠시 고민했다. 그런 와중 명주가 입을 열었다. 이내 쾌활함을 되찾은 목소리였다.

"얘들아, 괜찮아. 나도 자식이 있거든."

뜻밖의 언급에 수희는 의아한 표정을 지었다. 자식이 있다니, 아까는 없다며?

"아니, 그런 자식이 아니고 영혼의 자식."

명주의 말에 이번엔 동창 모두가 눈을 크게 떴다. 영혼의 자식이라니, 그게 대체 누구란 말인가. 입양한 자식? 유니세프 기아 아동?

"호호. 아니야. 영혼의 자식이란 그런 게 아니야."

명주가 집게손가락을 세워 휘저었다. 그러고는 운전 기사에게 휴대폰을 걸었다.

"양 기사, 트렁크에서 그거 빼오세요."

지시를 끝낸 명주는 샐러드 그릇에 담긴 방울토마토를 포크로 찍어 입에 넣었다.

얼마 후 검은 선글라스를 낀 운전기사가 식당 안으로 들어섰다. 그는 박스 하나를 들고 있었다.

*

여관방은 시설이 형편없었다. 침대 시트엔 누렇게 때가 껴 있었고 곰팡이 슨 벽에선 퀴퀴한 냄새가 났다. 소형 냉장고에 들어 있는 물도 겉만 페트병이지 속은 수돗물이었다. 그나마 근처에서 외관이 가장 나아 보여 들어온 곳이었는데.

수희는 방문 손잡이를 만지작거렸다. 곧바로 나간다면 환불도 가능할 듯싶었다. 망설이다 그냥 바닥에 앉았다. 지금 수희는 인생을 송두리째 날릴 위기에 처해 있었다. 여기저기 방 보러 다니며 힘을 뺄 처지가 아니었다. 이곳에서 그나마 마음에 드는 건 방바닥의 온기였다. 훈훈하면서도 너무 뜨겁지 않은, 딱 적당한 온도였다.

수희는 침대 대신 바닥에 자리를 잡고 누웠다. 방바닥의 온기가 어깨를 타고 등으로 내려갔다. 배 위엔 누런 이불 대신 자신의 코트를 올렸다. 눈을 감았다. 안락한 느낌이 들면서 나른함이 몰려왔다. 때맞춰 연하게 교회 종소리가 들려왔다. 안온했다. 몸에 긴장이 풀리며 종소리가 점차 아련해졌다. 모처럼 잠을 잘 수 있을 것 같았다.

*

'대체 저게 뭐지?'

수희는 운전기사가 들고 온 박스를 유심히 살펴보았다.

"어떻게 할까요?"

운전기사가 명주에게 물었다.

"박스 열고 하나씩 나눠주세요."

지시가 떨어지자 운전기사는 커터 칼로 박스 포장을 갈랐다. 수희는 눈을 끔뻑이며 운전기사의 행동을 지켜봤다. 운전기사가 박스에서 꺼낸 건 책이었다. 얇은 두께에 길쭉한 판형으로 봐서 시집 같았다. 운전기사는 테이블마다 책을 나눠주었다. 곧 수희 앞에도 한 권이 놓였다.

하늘에 앉아 너를 마시다.

책 제목이었다. 시집이 맞았다. 제목 아래엔 시인의 이름이 쓰여 있었다.

김명주…….

명주? 수희는 깜짝 놀랐다. 동창들도 술렁거리기 시작했다.

"어머, 명주야. 이거 네가 쓴 시니?"

"대단하다. 시집까지 내다니."

동창들의 반응에 명주가 활짝 미소지었다.

"응, 그냥 틈틈이 써봤어. 원래 시 쓰는 게 취미였거든. 이게 내 자식들이야."

명주가 지칭한 영혼의 자식은 '시'였다. 수희는 당황했다. '시 쓰는 명주'라니, 도무지 구도가 안 잡혔다.

"정식 출판은 다음달이야. 출판기념회도 열 생각이

야. 너희들 나눠주려고 우선 몇 부만 인쇄해왔어."

명주의 추가 설명을 들은 수희는 책 뒷날개에서 출판사명을 보았다. M출판사였다. 자비출판으로 유명한 업체였다. 명주는 자기 돈 들여 직접 시집을 찍어낸 게 분명했다. 그런데도 출판기념회라니……. 수희는 괜스레 얼굴이 달아올랐다. 이상하게도 부끄러움은 자신의 몫이었다. 주위 동창들은 달랐다. 감탄사를 연발하며 명주 주변으로 모여들었다.

"와아, 명주야, 책표지에 사인 하나 부탁해."

"나도 좀 부탁해."

법석을 떨었다. 그러자 명주의 말투에 콧소리가 섞이기 시작했다.

"호호. 애들아 줄 서. 한 명씩 사인해줄 테니."

명주 앞에 시집이 쪼르르 놓였다. 수희는 달아오른 얼굴을 좀처럼 식히지 못했다.

수희는 마구잡이로 글이 생산되는 최근 시대의 행태에 불만을 품고 있었다. 블로그나 SNS에 올린 글을 들고 출판사를 기웃거리거나, 과거 '나홀로문학소녀'였던 여자들이 경제적 여유가 생기자 자기 돈 들여 시집 찍어내고 에세이집을 펴내는 행태를 경멸했다. 부자 동네에서 '작가님' 하고 부르면 열에 다섯이 뒤돌아 보더라는 우스갯소리를 그냥 넘기지 못하는 수희였다. 명주도 그 동일선상에 있는 듯 보였다.

'참나, 돈 있다고 별게 다……'

수희는 속으로 혀를 찼다. 잠시 후 은설이 맥주잔을 들고 일어섰다.

"그럼 우리 동창 중 시인이 두 명이나 있네. 장수희 시인, 김명주 시인. 정말 멋지지 않니? 자, 다들 잔을 들자!"

은설의 건배 제의에 동창 모두가 "짠!"을 외쳤다. 수희는 잔을 들지 않았다. 부끄러웠다. 아니 상처받았다. 취급도 않던 날라리와 도매금으로 한데 묶인 기분이었다. 이어지는 동창들의 수다는 수희의 쓰린 마음에 간장을 부었다.

"그럼 부녀회관 시비는 누구한테 부탁하지?"

"맞아. 시인이 두 명이니 즐거운 고민이 생겼네!"

"그러네. 김명주 시인, 장수희 시인. 호호호!"

그들이 내뱉는 '시인'이라는 단어가 자신을 조롱하는 것만 같았다. 수희는 자리를 박차고 나가고 싶은 심정이었다.

*

"아! 그…… 그래요…… 거…… 거기!"

"여기?"

"응, 자기야. 너…… 너무 좋아요. 아흑!"

이게 무슨 소리인가. 수희는 감았던 눈을 떴다. 옆방에서 끈적한 신음이 들려오고 있었다. 겨우 잠이 들려는 참이었는데…….

방음시설까지 형편없는 여관이었다. 짜증이 났다. 수희는 몸을 옆으로 돌린 뒤 베개를 귀에 밀착시켰다. 늪에 빠진 것 같은 현재의 상황에서 벗어나려면 어떻게든 수면을 취해야 했다. 그러면서 에너지를 충전해야 했다. 하지만,

"아! 자기야."

"너…… 너무 좋아."

옆방 남녀의 계속되는 헐떡임이 잠을 방해했다. 수희는 신경질적으로 몸을 일으켰다. 방을 바꿔달라고 요청하기 위해 손을 뻗어 인터폰을 들었다.

뚜우, 뚜우.

주인이 자리를 비웠는지 연결이 되지 않았다. 옆방

의 신음은 점점 커졌다. 수희는 참을 수가 없었다. 벽으로 다가가 쿵쿵! 눈치를 줬다. 신음소리가 멈췄다. 상황이 제압된 듯했다. 수희는 자리에 돌아와 누웠다. 하지만 잠시 후 끈적한 대화가 다시 시작되었다.

"그래, 그렇게 허리를 조금 들어봐."

"이, 이렇게요?"

"어, 어, 그래 좋았어!"

"어머, 난 몰라."

적나라한 소리에 도저히 잠을 잘 수가 없었다.

'이것들이 진짜!'

수희는 베개를 내동댕이치며 몸을 일으켰다.

*

"시끄러워, 이 녀석들아!"

수희가 소리를 버럭 질렀다. 목소리엔 짜증이 묻어났다.

동창회에서 돌아온 수희는 휴일 내내 누워만 있었다. 머리가 아팠다. 동창들로부터 느낀 모멸감 때문이었다. 월요일 아침, 겨우 출근하긴 했으나 머리가 지끈

거리긴 마찬가지였다. 수희는 1교시부터 아이들에게 자습 시간을 줬다. 아침부터 자습이 될 리 없었다. 웅성거림이 커지자 수희는 아이들을 향해 소리쳤다.

"한 번만 더 시끄럽게 떠들면 혼날 줄 알어!"

으름장에 교실이 조용해졌다. 수희는 재차 눈을 흘기며 의자에 등을 기댔다. 책상 위에는 책이 한 권 놓여 있었다. 명주로부터 받은 시집이었다.

하늘에 앉아 너를 마시다.

제목부터 마음에 안 들었다. 시적으로 보이기 위해 억지로 단어를 비튼 듯했다. 책의 외관은 훌륭했다. 고급 아르떼지에 에폭시로 특수 처리한 제목, 컬러 4도로 인쇄한 본문까지……. 상당한 비용이 들었을 것 같았다. 시집을 출간한 곳은 제작비가 비싸기로 유명한 자비출판사였다. 수희도 이곳과 접촉한 적이 있었다. 견적이 너무 많이 나와서 포기하긴 했지만.

그랬다. 사실은 수희도 자비출판을 통해 시집을 출간한 시인이었다. '개나 소나 시인이냐'며 명주를 깔아봤지만, 수희의 처지도 별반 다를 건 없었다. 수희는 떨떠름한 표정으로 명주의 시집을 펼쳤다. 그런데 아이들의 웅성거림이 다시 커졌다. 특히 맨 뒷자리에 앉은 재찬과 소룡의 목소리가 컸다. 수희는 탁! 소리를 내며 시집을 접었다. 누군가 본보기로 혼을 내기로 했다. 자리에서 일어난 수희는 교실 뒤편으로 뚜벅뚜벅 걸어갔다. 재찬과 소룡이 있는 자리였다. 둘은 담임이 오는 것도 모른 체 장난질에만 빠져 있었다.

"너희 둘 일어서!"

호통이 떨어지자 재찬과 소룡이 동작을 멈췄다. 겁내는 기색은 별로 없었다. 수희는 주먹을 꼭 쥐었다가 이래선 안 되지 싶어 곧 풀었다. 과거엔 스파르타식으로 아이들을 다잡던 수희였다. 요즘엔 세상이 달라져 함부로 체벌을 가할 수가 없다. 그렇다고 방법이 없는 건 아니었다.

"재찬이 너!"

"네?"

"다음 과학 시간까지 자연재해 극복 사례 3개 조사해와!"

숙제를 들은 재찬이 피식 웃었다. 그 정도쯤이야, 하는 표정이었다. 하지만 진짜 벌은 따로 있었다.

"사례 자료는 직접 공책에 써와! 분량은 다섯 장 이상이야. 자연 점수에 반영할 거야. 인터넷 긁어 인쇄해

오는 건 무효야, 알았어?"

세부 내용을 들은 재찬의 얼굴이 굳어졌다. 인터넷 자료를 프린트해 제출하는 것과 직접 공책에 쓰는 건 하늘과 땅 차이였다. 게다가 다섯 장 분량 작성에 자연 점수 반영이라니, 만만치 않은 과제였다. 재찬은 뭔가를 하소연하려 입을 우물거렸다. 그러나 수희는 틈을 주지 않았다.

"시끄러워! 토 달지 마."

일축한 후 소룡 쪽으로 시선을 돌렸다.

"소룡이 너는……."

"……."

"다음 국어 시간까지 동시 두 편 써서 제출해!"

"얼마 전 새싹들의 문예교실 때문에 동시 썼잖아요. 그런데 또요?"

"그래!"

수희의 말에 소룡은 고개를 숙였다. 역시 쉽지 않은 숙제였다. 소룡은 글쓰기에 약했다. 1학기 동시 발표 땐 '그게 시냐!'는 면박도 받았던 소룡이다. 수희는 글을 쓰기 싫어하는 소룡의 약점을 파고들었다.

"이번엔 제대로 해와. 성의 없이 써 오면 국어 성적

에 '노력요함'으로 반영해버릴 거야!"

담임의 일갈에 소룡은 얼굴을 붉혔다. 힘든 숙제가 부과되는 걸 목격한 반 아이들이 숨을 죽였다. 수희는 매서운 눈길로 교실을 훑은 후 다시금 시집을 펼쳐들었다.

*

옆방 남녀의 헐떡임은 더욱 적나라해졌다. 수희는 한번 더 눈치를 주기 위해 벽 쪽으로 다가갔다. 그런데 의외의 상황이 벌어졌다.

쿵쿵!

오히려 옆방에서 벽을 두드려댔다. '눈치 좀 그만 주라'는 의미였다. 갑작스러운 반격에 수희는 뒤로 물러났다. 따져보면 수희의 짜증은 억지였다. 여관에서 남녀가 육체를 섞는 건 자연스러운 일이었다. 관계를 맺다보면 희열의 탄성이 나오는 것도 당연했다. 그런 사람들에게 '시끄러우니 그만하라'고 눈치를 줄 권리는 누구에게도 없었다. 잘잘못을 굳이 따지자면 방음 처리를 부실하게 한 건축자와 이를 개선하지 않은 채 숙

박시설을 운영중인 주인의 불찰이었다. 하지만 주인은 인터폰을 받지 않았다. 건축자를 찾아내 멱살을 잡을 수도 없는 노릇이었다.

"아아, 아흐흑!"

여자의 교성이 거의 우는 수준으로 바뀌었다. 남자는 꽤 좋은 기술을 가진 모양이었다. 수희는 벽에서 후퇴한 뒤 다시 바닥에 누웠다. 어쩔 수 없었다. 잠에 집착하기보다 몸을 따스하게 하는 데 집중하기로 했다.

마음을 비워서일까. 얼마쯤 지나니 굳어 있던 몸이 조금씩 풀려갔다. 옆방 남녀의 신음도 넓은 음폭으로 귀를 감싸며 백색소음처럼 들려오기 시작했다. 방사 치르는 소리가 점차 익숙해졌다. 그렇다고 해서 교성에 몸이 달아오르거나 하진 않았다. 그러기엔 수희가 처한 상황이 너무나 척박했다.

*

명주의 시집을 다 읽은 수희는 자리에서 찬찬히 일어났다. 아이들은 여전히 자습중이었다. 수희는 입술을 꼬옥 깨물었다. 다시금 신춘문예에 도전하기로 했다.

어린 시절 수희의 꿈은 두 가지였다. 교사가 되는 것과 시인이 되는 것. 교사의 꿈은 이뤘다. 또다른 목표인 시인은 이루기가 쉽지 않았다. 수희는 대학시절부터 신춘문예의 문을 두드렸다. 그리고 마흔이 넘어서까지 도전을 이어갔다. 그러나 예심조차 통과하지 못하고 번번이 미역국을 마셨다.

물론 시인이 되는 데 특별한 자격이 필요한 건 아니다. 스스로 시인임을 선언하고 시 창작에 몰두한다면 누구나 시인일 수 있다. 그러나 문단의 현실은 다르다. '등단 과정을 거친 자'만을 시인으로 대우한다. 등단 과정을 거친 자란 신춘문예를 통과하거나 신인문학상을 받은 이들을 일컫는다. 등단 또한 철저히 급을 나눈다. 지방신문사나 하급 문예지를 통한 등단은 제대로 취급해주지 않는다. 하물며 자비출판은…….

자격증이 필요 없는 분야임에도 필요 이상 자격을 따지는 곳이 바로 문단이다. 수희는 문단의 이런 시스템을 잘 알고 있었다. 그래서 문인 자격증을 얻기 위해 수도 없이 신춘문예에 응모한 것이었다. 등단의 벽은 높았다. 낙선이 거듭될수록 자신감도 떨어졌다. 결국,

수희는 몇 년 전 도전을 그만두었다. 시 쓰기도 멀리 했다.

얼마 후 또다른 시련이 왔다. 폐경이었다. 여자라면 누구나 맞이해야 할 운명이었지만 또래보다 조금 이른 나이에, 준비 없이 맞이한 것이었기에, 충격이 컸다. 학교생활에 지장을 줄 정도로 무기력함이 찾아왔다. 구원의 끈으로 다시 잡은 게 시였다. 시어를 찾고 행과 연을 구성할 때 비로소 생동감을 느낀다는 걸 깨달았다. 퇴근 이후 틈틈이 문학교실에 참여했다. 사회교육원에서 시 창작 수업도 다시 받았다.

신춘문예에 또 도전할 마음까지는 없었다. 등단에 목매는 일은 지긋지긋했기에. 그래도 그간 써온 시들은 발표하고 싶었다. 원고를 모아 유력 출판사 몇 곳에 투고했다. 아무 곳에서도 연락이 오질 않았다. 이어 B급 출판사들의 문을 두드려보았다. 역시 답신은 없었다. 마지막으로 중소 출판사와 1인 출판사에도 원고를 보내보았다. 답이 없긴 마찬가지였다. 미등단자여서 답변이 없는 걸까? 자괴감이 들었다. 정성껏 써온 시가 세상과 만나지 못할 것 같아 안타깝기도 했다. 그러던 중 문학 모임에서 한 출판업자를 만났다. 그는

'요즘 시대에 등단에 목매는 건 시대착오적인 일'이라고 힘주어 말했다.

"장수희 선생님은 시를 쓰고 싶은 겁니까, 시인이 되고 싶은 겁니까. 시를 쓰고 싶다면 쓰세요. 그리고 직접 출판을 하세요. 시를 쓰고 시집을 낸 사람이면 시인인 겁니다!"

그는 자비출판사 대표였다. SNS에 올린 시를 묶어 출판해도 수만 권이 팔리는 시대라고 했다. 수희는 고개를 끄덕였다. 자비를 들여서라도 출판을 하기로 했다.

"베스트셀러로 만들어드리겠습니다!"

자비출판업자의 허풍을 곧이곧대로 믿진 않았다. 그래도 막상 책이 나오니 욕심이 생겼다. 팔리는 시인이 되고 싶었다. 그러나 출판사 측은 유통에 별 신경을 안 썼다. 의뢰인이 지급한 제작비용만으로도 이미 회사의 수익 목적은 달성했기 때문이었다. 판매에 신경을 썼다고 해도 많이 팔리지는 않았을 것이다. 유명 시인의 시도 안 팔리는 세상이니.

판매에서 재미를 보진 못했지만, 수희는 후회하지 않았다. 시집 발간은 여러모로 자존감을 높여주었다.

주변에서 수희를 '시인'이라고 불러주기 시작했다. 보통 사람들은 자비출판이 뭔지, 등단이 뭔지, 알지도 못했고 급을 나누지도 않았다. 그냥 시집을 냈으니 시인인가보다, 할 뿐이었다. 수희 스스로도 시인으로서의 자부심을 갖기 시작했다.

하지만 명주가 등장하면서 상황이 꼬이고 말았다. 명주가 시집을 내면서 모든 게 뒤죽박죽돼버렸다. 명주랑 동급으로 취급받자 수희는 분을 참기가 힘들었다. 견딜 수 없는 일은 또 있었다. 명주의 시들이 생각보다 훌륭하다는 것이었다. 마음을 움찔하게 하는 놀라운 표현이 군데군데 있었다. 완성도도 높은 편이었다. 수희는 한숨이 나왔다. 재력과 미모를 갖춘 명주가 시까지 잘 써버리니 설자리가 사라진 느낌이었다. 이대로 가만있을 순 없었다. 적어도 명주 같은 부류와는 격을 달리해야 한다고 생각했다. 그렇다면 어떻게 차별화를 할 수 있을까. 고민 끝에 내린 결론은 역시 등단이었다. 정식으로 등단한 시인이 되는 것만이 자존심을 회복하는 길이었다. 이것이 수희가 신춘문예에 재도전하는 이유였다.

100년 전통의 L일보 신춘문예에 지원하기로 했다.

응모 분야는 동시로 정했다. 예전엔 일반 시 분야에 주로 응모했으나 이번엔 전략을 바꿨다. 수희는 초등학교 교사이기에 동시 응모에도 명분이 있었다. 당선의 영광과 무게감은 동시 역시 일반 시 분야와 다르지 않았다.

문제는 시간이었다. L일보는 12월 초에 신춘문예를 마감했다. 그때까지 5편의 동시를 써서 출품해야 했다. 일정이 촉박했다. 재도전을 결심한 이후 수희의 삶은 타이트해졌다. 집에서든 학교에서든, 길에서든 차 안에서든, 떠오르는 시상을 잡기 위해 노력했다.

*

옆방 남녀는 꽤나 뜨거운 사이인 듯했다. 부부인가? 한적한 바닷가 여관에서 저토록 뜨겁게 사랑을 나누는 걸 보면 부부는 아닌 듯했다. 그렇다면 연인? 불륜?

수희는 몸을 일으켰다. 더 누워 있다간 등에 땀이 밸 것 같았다. 비록 잠은 못 잤으나 몸은 조금이나마 풀렸다. 수희는 창문 쪽으로 향했다. 커튼을 젖히니 하늘이 보인다. 노을이 진하게 묻어 있었다. 그 아래로 푸른

개펄이 반짝였다. 뒤편엔 검붉은 빛깔의 파도가 일렁이고 있었다. 넘실거리는 물결이 수희를 과거의 어떤 시간으로 데려갔다.

그때, 수희는 바다를 보고 있었다. 옆에는 그윽한 눈길로 수희를 바라보던 한 남자가 있었다. 큰 키에 하얀 피부를 가진, 라이너 마리아 릴케를 좋아하는 낭만적인 감성과, 세상을 바꾸겠다는 야심찬 눈빛을 지닌 사람이었다. 운동권 학생이던 그는 늘 경찰에 쫓겼다. 피신을 도와 함께 머문 곳은 서해안의 한적한 바닷가였다. 당시도 무척 추웠다. 하지만 그와 함께였기에 그때의 겨울 바다는 뜨거운 기억으로 남아 있다. 붉게 물들어가는 하늘, 그 아래로 출렁이는 파도, 그 앞에서 그는 수희의 입술을 덮었다. 그리고…….

수희는 다시 커튼을 닫았다. 잠시 젖었던 낭만을 이제 말려야 했다. 그때의 싱싱함은 사라진 지 오래다. 이제 푸석푸석한 껍데기만 남았다. 폐경을 맞았을 때가 새삼 떠오른다. 여자로서 공허함을 느끼기도 했다. 그때도 수희는 절망하지 않았다. 시들어가는 육체에 매달릴 필요 없이 정신적인 영역에서 답을 찾으면 된다고 생각했다. 그 정신의 영역 중 하나가 시였다. 하지만 지금 수희는……. 그 정신의 영역에서 엄청난 타격을 입었다. 작은 욕심에서 비롯된 어긋남이 인생을 송두리째 흔들고 있었다.

옆방 남녀의 신음이 다시금 수희의 귓속을 파고들었다. 옛 추억에 젖어 잠시 잊었던 현실의 고통이 또다시 몰려오기 시작했다.

*

신춘문예 응모용 시 쓰기는 역시 만만한 작업이 아니었다. 방에 틀어박혀 창작에 몰두했으나 마땅한 시어가 떠오르지 않았다. 수희는 자비로 시집을 펴낸 걸 후회하고 또 후회했다. 시집에는 그간 신춘문예에 투고했던 작품들은 물론 새로 창작한 시들까지 몽땅 담겨 있었다. 개중엔 참신한 시들도 적지 않았다. 그런 것들을 자비출판 시집에 다 때려넣고 새롭게 신춘문예용 응모작을 쓰려니 골치가 아팠다.

마감일은 계속해서 다가오고 있었다. 수희는 시의 소재를 찾기 위해 유명 시인의 작품들을 훑어보았다. 제자들의 동시도 뒤적여보고, 인터넷도 검색했다. 도통 진도가 나가질 않았다. 좁은 방에서 머리만 굴려봐야 별 소용이 없을 듯했다. 일단 방밖으로 나왔다. 넓은 마루에서 기분전환을 해보기로 했다. 그런데,

끄어억!

나오자마자 불쾌한 소리와 마주쳤다. 수희는 얼굴을 찌푸리며 소파 쪽을 쳐다보았다. 남편이 TV를 보며 트림을 하고 있었다. 그의 입김이 수희의 코 쪽으로 몰려왔다. 낮에 먹은 비지찌개 냄새가 고스란히 배어 있었다. 수희는 코를 틀어막으며 남편을 쏘아보았다. 젊은 시절 가슴을 요동치게 하던 남자. 큰 키에 하얀 피부를 가진, 라이너 마리아 릴케를 흠모하는 낭만적 감성과 세상을 바꾸려는 야심찬 눈빛을 고루 갖고 있던 남자. 그가 지금 수희의 눈앞에 있었다. 소파에 누워 TV를 보고 있었다. 쯥쯥 소리를 내며 앞니에 낀 고춧가루를 빨아대고 있었다. 러닝셔츠 사이로 삐져나온 똥배를 쓰다듬고 있었다. 현실은 잔인했다. 남편은 똥배 만지던 손을 팬티 속으로 넣어 사타구니를 벅벅 긁어댔다. 어느 정도 시원해지자 긁었던 손을 코로 가져갔다. 묘한 표정으로 손에 묻은 사타구니 냄새를 음미하던 남편은 수희와 눈이 마주치자 머쓱해했다.

"으응, 자…… 자기 나왔어?"

남편이 수희를 부르는 호칭은 아직도 '자기'다. 오글거리니 그만하라고 해도 도통 바꾸질 않는다. 최근 들어 수희는 남편이 꼴 보기 싫어 견딜 수가 없다. 젊은 시절엔 사모하고 존경까지 했던 사람이건만.

그와의 결혼을 발표했을 때 주위 모든 사람이 말렸다. 운동권 출신이니 사회생활이 어려울 거라고 했다. 취업도 힘들 거라고 했다. 틀린 말은 아니었다. 기업에선 시위 경력 있는 사람들을 부담스러워하기 마련이니까. 취업 못 한 운동권 출신들은 아르바이트나 비정규직을 전전하곤 했다. 남편은 달랐다. 졸업과 동시에 취직이 됐다. 그것도 내로라하는 대기업의 주요 부서에 들어갔다. 알고 보니 그는 방귀깨나 뀌는 집안의 외동아들이었다. 대기업 취직은 정치권에 줄이 닿아 있던 그의 백부가 힘을 써준 것이었다. '취미로 데모했느냐!'는 운동권 동료들의 이죽거림을 뒤로한 채 남편은 사회생활을 시작했다. 그리고 수희와 결혼식을 올렸다.

한동안 꿈같은 결혼생활이 이어졌다. 대기업 다니는 남편과 초등학교 교사인 아내 그리고 젊음……. 주변 사람들의 부러움이 쏟아졌다. 행복은 오래가지 못했다. 조직생활을 못 견디는 남편의 성격 때문이었다. 남들이 부러워하는 직장을 가졌음에도 채 3년을 못 버티고 그만뒀다. 상사 눈치 살펴야 하는 월급쟁이가 싫다며 그는 사업을 시작했다. 장비 임대, 생수 유통, 환경용품 판매 등이 그가 매달렸던 사업들이었다. 번번이 말아먹었다. 그래도 그의 집안은 저력이 있었다. 실의에 빠져 있던 그를 국내 유력 공공기업체인 H공사에 꽂아주었다. 집안의 영향력이 예전만큼은 아니었는지 그가 배치된 부서는 한직이었다. 오히려 그는 좋아했다. 출세는 힘든 부서였으나 업무가 널널해서였다. 그래서인지 공사엔 꽤 오래 다녔다. 간부급으로 승진도 했다. 그러나 회사 내에서 문제가 터졌다. H공사는 방만 경영으로 유명한 곳이었다. 언론의 집중포화가 이어졌고, 사장은 결국 국정감사장에 섰다. 이후 대대적인 구조조정이 있었다. 한직에서 유유자적하던 남편은 정리 대상이 되고 말았다.

아직도 수희는 남편을 'H공사 간부'로 소개하고 다닌다. 하지만 퇴직 후 남편이 차지한 자리는 소파였다. 그의 집안도 세가 기운 지 오래다. 수희는 힘들었다.

돈 걱정 안 하고 살던 그녀였지만, 이제는 매 학기 아들 유학비를 걱정하는 처지가 되었다. 수희는 '다시 사업이라도 하라'며 남편을 설득하는 중이다. 마침 수희의 사촌 남동생이 목재 수입업을 같이해보자고 제안한 상태였다. 한옥에 쓰일 캐나다산 홍송을 수입해 판매하는 일이었는데, 국산 소나무 대용품으로서 경쟁력이 있었다. 건설 경기는 불황이지만 한옥 수요는 꾸준히 늘고 있는 상황이었다. 남편이 결심만 한다면 수희는 대출을 받아서라도 사업 자금을 마련해줄 마음이었다. 그러나 남편은 시큰둥했다.

"그까짓 한옥 수요가 얼마나 되겠어?"

사업성이 별로라는 핑계를 댔지만, 속내는 달랐다. 여러 번 사업 실패 경험이 있는지라 자신감이 없었다. 집에서 배 두드리며 사는 데 익숙해진지라 움직이는 것 자체를 싫어하기도 했다. 남편을 보면 수희는 그저 한숨만 나왔다.

남편의 트림 냄새를 손짓으로 지우며 냉장고 옆 정수기로 다가갔다. 쭈우욱, 시원한 물이 목구멍을 타고 내려갔다. 답답함이 다소 해소되었다. 마신 컵을 식탁에 내려놓고 의자에 앉았다. 고개를 살짝 젖히자 천장

도배지의 물결무늬가 눈앞에서 흐드러졌다. 고개를 내려 식탁을 찬찬히 살펴보았다. 장식용 꽃바구니, 스트라이프 무늬의 방수 식탁보, 그 끝에 댕그라니 놓인 귤 두 개⋯⋯. 평상시와 다를 것 없는 풍경이었지만, 왠지 새롭게 다가오는 무언가가 있었다. 수희는 눈을 감았다. 귤을 재배하던 아버지, 아담했던 과수원, 주변에 흐르던 개울물 등이 머리에 떠올랐다. 가슴속에서 뭔가가 꿈틀대며 시상이 잡히려 했다. 수희는 급히 메모장을 꺼냈다. 필기를 위해 수성펜 뚜껑을 열었다. 그 와중 갑자기 굉음이 들려왔다.

에, 엣취!

재채기소리였다. 얼마나 큰지 식탁이 흔들릴 정도였다. 시선을 돌리니 콧구멍을 만지작거리는 남편의 모습이 보였다. 삐져나온 코털을 뽑은 후 재채기를 한 것이었다. 난데없는 소음에 겨우 떠오른 시상이 어디론가 사라져버렸다. 수희는 원망 어린 눈으로 남편을 바라보았다.

*

옆방 남녀가 드디어 헐떡임을 멈췄다. 만족점에 도달한 모양이었다. 처음엔 소음이었으나, 적응이 되자 헐떡임소리는 오히려 불필요한 잡념을 줄여주는 도구가 되어주었다. 주위가 조용해지니 다시금 불안감이 엄습해오려 했다.

수희는 옷을 챙겨입었다. 뭐라도 먹고 기운을 차리기로 했다. 아까 식당가에서 풍겨오던 생선구이 냄새가 떠올랐다. 입맛은 없었지만 생선구이라면 먹을 수 있을 것 같았다. 핸드백을 걸친 후 방을 나섰다. 복도엔 여관 특유의 빨간 조명이 쏟아져내리고 있었다. 그 끝에 주인이 있었다. 화분에 물을 주던 주인은 수희와 눈이 마주치자 인사를 건넸다.

"어이구, 어디 나가시게요?"

꽤 반가워하는 목소리였다. 방을 내준 이후 주인은 수희의 동향에 은근히 신경을 쓰고 있었다. 손목 긋지 않고, 목매달지 않고, 멀쩡한 상태로 나오니 안도가 되었다.

"잠깐 식사 좀 하고 오려고요."

수희의 대답에 주인은 "네, 잘 다녀오세요"라고 말한 뒤 다시금 화분에 물을 주기 시작했다. 수희는 방 키를 주인에게 맡긴 후 계단 쪽으로 향했다. 내려가려다 잠시 걸음을 멈췄다. 옆방 문이 3분의 1쯤 열려 있는 걸 발견해서다. 안에서 부스럭 소리가 났다. 그토록 격하게 환희의 탄성을 질러대던 이들은 대체 어떻게 생겼을까. 수희는 열려 있는 옆방 문 쪽을 슬쩍 바라보았다. 20대 중반쯤으로 보이는 젊은 여인이 란제리 차림으로 침대에 걸터앉아 있었다. 머리가 촉촉이 젖어 있는 걸로 보아 방금 샤워를 마친 듯했다. 여자 뒤로 팬티 바람의 남자가 다가섰다. 운동으로 관리한 듯 탄탄한 몸을 가졌으나, 얼굴은 40대로 보였다. 그가 여자의 젖은 머리를 쓰다듬기 시작했다. 이어 손을 내려 가슴을 만지작거렸다.

"아이, 참……."

여자가 남자의 팔을 꼬집으며 앙탈을 부렸다. 남자는 개의치 않고 여자의 팬티 쪽으로 손을 내렸다. 한바탕 더 땀을 빼고 싶은 모양이었다. 수희는 옆방에서 시선을 거두었다. 딱 봐도 불륜이었다. 초등학교 교원으로서의 본성이 잠시 살아난 수희는 혀를 차며 계단을 내려왔다.

*

수희는 신춘문예 마감 당일에야 출품작 다섯 편을 모두 완성할 수 있었다. 수업을 마치자마자 우체국으로 달려갔다. 100원 짜리 우편 봉투를 산 후 그동안 쓴 동시들을 넣었다.

"3580원입니다."

우체국 직원이 말했다. 5000원권을 내밀자 1420원을 거슬러주었다.

"휴우!"

수희는 안도의 한숨을 내쉬었다. 이로써 숨가빴던 신춘문예 응모 과정이 끝났다. 아쉬움도 남았다. 조금만 더 시간이 있었더라면 완성도를 높일 수 있었을 텐데, 하는 마음이었다. 그래도 개운한 마음이 더 컸다. 시험 치른 후의 홀가분함 같은 것이었다. 문학 지망생에게 신춘문예는 '신춘고시'로 불린다. 어려운 시험을 마쳤으니 시원함이 몰려오는 건 당연했다. 앞으로 보름 정도 후면 당선자가 가려질 것이다.

초겨울의 해는 짧았다. 우체국에서 나오니 거리엔

듬성듬성 가로등불이 들어와 있었다. 수희는 오랜만에 남편과 외식을 하기로 했다. 겸사겸사 수입 목재 사업에 대해서도 의논해보기로 했다. 며칠 전에도 사촌동생에게 전화가 왔었다.

"누님, 언제까지고 기다릴 수만은 없어요. 매형이 사업 참여 의사가 없다면 제가 독자적으로라도 진행을 해야 해요."

놓치긴 아까운 아이템이었다. 사촌동생도 믿을 만한 사람이었다. 남편이 결심만 굳힌다면 수희는 대출을 받아줄 생각이었다. 교사는 안정적인 직업이기에 꽤 많은 대출이 가능했다.

남편에게 전화를 걸기 위해 휴대폰을 꺼냈다. 번호를 누르려는데 띠리리링, 벨이 울렸다. 누구지? 수희는 손가락을 뗀 후 액정을 바라보았다. 동창회장 은설로부터 걸려온 전화였다. 별로 통화하고 싶지 않았다. 띠리리리링, 벨이 계속 울렸다. 울리는 벨을 외면하긴 힘들었다. 일단은 받고 시답잖은 용건이면 그냥 끊으리라 마음먹었다.

"그래. 무슨 일이니?"

수희는 일부러 목소리 톤을 딱딱하게 했다.

"으…… 응. 뭐…… 뭐 좀 알려줄 게 있어서."

사무적인 응대에 당황했는지 은설이 말을 조금 더듬 었다.

"뭔데?"

"명주 출판기념회 때문에……."

은설의 말에 수희는 휴대폰을 꽉 쥐었다. 결국, 명주 는 낯부끄러운 짓을 할 모양이었다.

"출판기념회라니?"

"지난번 동창회 때 명주가 출판기념회 한다고 말했 었잖아. 이번주 토요일 6시에 C호텔 크리스털볼룸에 서 한대. 너도 참석할 수 있나 해서."

"……."

수희는 아무 대답도 하지 않았다. 갑자기 위가 부글 거리기 시작했다. 그 속을 모르는 은설은 동창 누구누 구가 참석 예정이며, 최고급 스테이크가 나오고, 기념 품은 어쩌고저쩌고, 하며 설명을 이었다. 수희는 짜증 이 났다. '바빠서 못 간다'고 간단히 핑계 댄 후 끊을 수 도 있었으나, 심기가 꼬여 모진 말이 나오기 시작했다.

"이건 정말 아니지 않니!"

수희가 단호한 말투로 말했다.

"왜?"

"상황이 그렇잖아. 명주가 시인이니? 유명 문학상 받고 기념 시집이 나온 것도 아니잖아. 자기 멋에 취해 끄적거린 시를 돈 발라 출판한 거잖아. 참나, 그게 무슨 자랑이라고 출판기념회까지 하니?"

"……."

은설은 별다른 대꾸 없이 그냥 듣기만 했다. 열이 오른 수희는 감정을 좀더 드러냈다.

"너도 한번 생각해봐. 시는 아무나 쓰니? 명주가 진짜 시인도 아니고 말이지. 문단 작가들이 알면 혀를 찰 일이지 뭐니!"

수희는 이렇게까지 속내를 드러낼 생각은 없었다. 하지만 신춘문예 응모를 막 마친 시점에서 '출판기념회' 소리를 듣자 심사가 뒤틀리고 말았다. 수희는 호주머니에 넣어두었던 영수증을 꺼내 보았다. L일보 신춘문예에 투고했다는 우편 확인증이었다. 그걸 보며 다짐했다. 주책바가지 명주와 결을 달리하기 위해서라도 이번엔 꼭 등단하겠다고. 토로를 마친 수희는 불참 의사를 밝힌 뒤 전화를 끊으려 했다. 그런데 은설이 뭔가를 질문하며 대화가 계속 이어졌다.

"수희야. 잠깐만."

"왜?"

"네 말 중에 한 가지 이해 안 가는 게 있는데."

"뭔데?"

"대체 진짜 시인은 뭐고 가짜 시인은 뭐니?"

뜻밖의 질문이었다. 이에 대해 수희는 뭐라고 대답을 못 했다. 문단의 관례니 시인의 자격이니 뭐니 하며 주절주절 설명하기도 모호했고, 등단이니 뭐니 떠들기엔 자신의 위치도 애매했다. 답변할 말을 찾지 못해 우물쭈물하고 있는 수희에게 은설이 질문을 이었다.

"시라는 건 마음만 있으면 누구나 쓸 수 있는 거 아니니?"

"……."

"시집은 문단에서 허가를 받아야만 낼 수 있는 거야?"

"그건 아니지만……."

"아니라면 창작을 하는 데 자격이 무슨 상관이야. 자기가 좋으면 하는 거지. 진짜니 가짜니 따진다는 게 더 이상한데?"

"……."

"누구나 노래를 부르는 것처럼, 시도 누구나 쓸 수 있는 거잖아. 명주도 그렇게 취미로 시를 쓴 거고, 그걸 모아 책을 낸 거고, 그걸 지인들에게 알리려 출판기념회를 한다는 거잖니. 그게 뭐가 그리 잘못된 건지 난 잘 모르겠다."

은설의 말에 수희는 딱히 반박할 거리를 찾지 못했다. 예술이란 누구한테나 열려 있는 게 맞았다. 음성에 너무 힘이 들어갔다고 느꼈는지 은설은 조금 부드럽게 말투를 조정했다.

"물론 가난한 시인도 많은데 호텔 잡고 출판기념회니 뭐니 한다는 게 안 좋아 보일 수는 있지."

"……."

"하지만 명주는 그만한 능력이 되니까 한다는 거잖아. 게다가 행사에서 생기는 수익금은 전액 장애인단체에 기부한대."

"……."

"그러니까 너도 올 수 있으면 왔으면 좋겠다, 얘."

"……."

수희는 그저 묵묵부답이었다.

*

여관 문을 열고 밖으로 나왔다. 주위엔 어둠이 짙게 깔려 있었다. 아까보다 추위는 한풀 꺾여 있었다. 식당가로 향하려다 해안가 쪽으로 방향을 틀었다. 조금 걷고 싶어서였다. 옆으로 낮에 보았던 커피숍이 스쳐 갔다. 고물 공중전화부스도 여전히 자리를 지키고 있었다.

"저…… 잡혀가는 건가요? 너무 무서워요……."

아까 나눴던 제자와의 전화통화 내용이 가슴을 할퀴었다. 수희는 그 어떤 해법도 찾아내지 못했다.

해안선이 가까워졌다. 바닷물을 머금어 촉촉한 바람이 수희의 볼에 와 닿았다. 감촉이 나쁘지 않았다. 좀 더 걷다보니 눈앞에 작은 빛이 나타났다. 군사용 해안경계선 불빛이었다. 철조망 위에 걸린 전등이 안내판을 비추고 있었다.

돌아가십시오. 길이 아닙니다.

문구를 읽은 후 몸을 돌리니 뭔가가 또 시선에 잡혔

다. 철조망 끝에 정차해 있는 차량이었다. 아까 봤던 흰색 벤츠였다. 뒷좌석에는 여전히 중년여인이 앉아 있었다. 수희는 궁금했다. 낮부터 벤츠에 가만히 앉아 있는 저 여인의 정체는 뭘까.

*

신춘문예 응모 후 수희에게 일이 밀려들었다. 기말고사를 치렀고, 시험 후 채점 및 성적 분류로 정신이 없었다. 집안 사정도 복잡했다. 두꺼비집에 불이 났다. 수리기사를 불러 전선을 전체적으로 다시 깔아야 했다. 미국에서 공부중인 아들도 방학을 맞아 한국에 들어왔다. 아들 뒤치다꺼리에도 상당한 에너지가 쓰였다. 심드렁하게 방에서 뒹굴던 아들은 알래스카를 여행하겠다며 1주일 만에 짐을 쌌다.

이래저래 시간을 보내다보니 초등학교 겨울방학이 찾아왔다. 12월 24일, 크리스마스이브에 방학식이 열렸다.

"와아!"

자유를 맞은 아이들이 함성을 터뜨리며 교문을 나섰

다. 못지않게 교사들도 흥분했다. 삼삼오오 교무실에 모여 여행, 스키 등 방학 동안 할일들에 대해 수다를 떨었다.

그들 옆에서 수희는 쓸쓸함을 곱씹었다. 올해도 떨어졌구나, 라는 체념 때문이었다. 일반적으로 신춘문예는 12월 20일 전후로 당선자 통보가 끝난다. 늦어지더라도 12월 22일에서 23일을 넘기지 않는다. 크리스마스이브까지 당선 통보가 오지 않았다면 사실상 떨어졌다는 얘기다.

'역시 안 되는 건가.'

수희는 낙심했다. 물론 떨어졌다고 시를 못 쓰는 건 아니다. 은설의 지적대로 시를 쓰는 데 진짜 가짜는 없다. 과거와 달리 요즘은 발표할 루트도 많다. 그래도 계속 미련이 남았다. 꼭 등단해 명주 같은 부류와는 글이 다르다는 걸 증명하고 싶었는데.

그러나 신춘문예는 결코 녹록지 않은 게임이다. 수백수천의 지원자 중 분야별로 단 한 명씩만 선택을 받기 때문이다. 1등만을 기억하는 잔인함이 도사린 곳이 바로 신춘문예다. 이처럼 힘들다보니 이를 통과한 사람들은 높은 성벽을 쌓는다. '그들만의 리그'를 만들고 자신들만이 작가이자 시인이며 문학판의 성골이라고 자부한다.

  퇴근 후 수희는 시내 쪽으로 차를 몰았다. 공영주차장에 차를 세운 뒤 주차권을 끊고 중심가로 나왔다. 우중충한 날씨를 입은 오후의 거리는 을씨년스러웠다. 그래도 젊은이들이 많아 활기는 있었다. 기타 치며 노래 부르는 모금함 청년의 목소리에서 힘이 느껴졌다. 액세서리 노점에서 싸구려 반지를 구경중인 여대생들의 함박웃음에도 생기가 넘쳤다. 서로 솜사탕을 먹여주며 걷는 연인의 모습도 싱그러웠다.

  오후가 깊어지자 점차 많은 사람이 거리로 나왔다. 경기가 안 좋아도, 나라 분위기가 어수선해도, 크리스마스는 크리스마스였다. 다들 분주히 움직이며 그들 나름의 낭만을 찾고 있었다. 수희는 건널목 앞에 섰다. 보행등 녹색신호를 기다리고 있는데, 뭔가가 날아와 얼굴을 뜨끔뜨끔 때린다. 작은 눈송이다. 회색빛으로 변한 하늘이 하얀 가루를 뿌리기 시작했다.

  "어머, 오빠. 눈이야!"

  "어? 그러네. 화이트 크리스마스네."

  신호등 옆에서 타코야키를 찍어먹던 젊은 커플이 내

리는 눈을 만지며 반가워했다. 수희는 별 감흥이 없었다. 그저 머리 젖는 것이 걱정될 뿐이었다. 화이트 크리스마스고 뭐고 이제 그만 집에 돌아가기로 했다. 불빛이 바뀌었다. 주차장 쪽을 바라보며 발을 옮겼다. 그렇게 건널목을 중간쯤 건넜을 때였다.

지잉지잉!

휴대폰이 울렸다. 모르는 번호가 액정화면에 잡혔다. 수희는 받지 않았다. 대출 상담이나 보험 가입 전화일 수도 있어서였다. 지잉지잉, 벨이 계속 울렸다. 스팸전화는 몇 번 울리다 마는 게 보통인데 이번 전화는 꽤 끈질겼다. 수희는 마지못해 통화 버튼을 눌렀다. 스팸전화면 욕을 한바가지 해주리라 마음먹었다. 들려오는 수화기 음성은 예상을 벗어났다. "안녕하세요 고객님"으로 시작하는 상담원의 목소리가 아니었다. "실례지만 장수희씨 맞습니까?"로 시작하는 정중한 목소리였다.

"네…… 제가…… 장수흰데요."

수희도 목소리를 가다듬으며 대답했다. 대체 누구일까? 엷은 호기심이 일었다.

"여기는 L일보 문화부이고요."

"네?"

"저는 송민준 기자라고 합니다. 장수희씨 맞으시
죠?"

L일보 기자가 다시금 수희의 이름을 확인했다. 이거
혹시?

"축하합니다! 신춘문예 동시 부문에 당선되셨습니
다."

기자의 말에 수희는 전율을 느꼈다.

*

식당에 들어섰다. 낮에 냄새 피우며 생선을 굽던 횟
집이었다. 수희는 왼쪽 구석에 자리를 잡고 앉았다. 주
인으로 보이는 50대 여인이 물을 들고 다가왔다.

"뭐 드시겠어요?"

주인의 물음에 수희는 생각할 필요도 없이,

"생선구이 하나 주세요."

라고 대답했다. 그러나 주인은 고개를 저었다.

"생선구이는 따로 메뉴에 없어요. 회 시키면 스끼다
시로 나가는 거예요. 식사 메뉴는 해물순두부, 북엇국,

매운탕, 된장찌개 등이 있어요."

수희는 난감했다. 입맛을 잃은 상태에서 그나마 당기는 게 생선구이였다. 그걸 먹자고 회까지 시킬 수는 없는 노릇이었다. 그냥 일어설까 아무거나 먹을까, 갈등이 일었다. 그러자 주인이 다른 제안을 했다.

"그냥 식사 메뉴 시키시고요. 추가 요금 조금만 더 내세요. 생선 하나 구워드릴게."

주인은 3000원만 더 내라고 했다. 수희는 고개를 끄덕였다. 고민할 게 없었다. 고등어, 삼치, 꽁치, 임연수어 중 어떤 생선을 고를지가 고민이라면 고민이었다.

"삼치로 구워주세요. 식사는 해물순두부로 주시고요."

"네, 준비할게요."

주문을 받은 주인이 컵과 물병을 내려놓고 돌아섰다. 물을 따르면서 수희는 식당을 둘러보았다. 생각보다 넓은 곳이었다. 테이블도 꽤 많았고 방도 세 개나 있었다. 비수기라 손님은 거의 없었다. 낚시꾼으로 보이는 30대 남자 두 명이 창가 자리에서 매운탕에 소주를 기울이고 있을 뿐이었다. 수희는 따른 물을 한 모금 마신 뒤 식탁에 컵을 내려놓았다. 그리고 의자에 걸쳐놓기 위해 코트를 벗었다. 수희의 쥐색 코트는 끝자락이 길었다. 물컵이 코트에 쓸리며 탁! 옆으로 쓰러졌다. 쏟아진 물이 후두두둑, 소리를 내며 수희의 핸드백으로 떨어졌다. 지퍼가 조금 열려 있던 상태라 안으로 물이 들어갔다.

수희는 급히 핸드백을 열고 내용물을 꺼냈다. 손지갑, 화장품 파우치, 메모지, 휴대폰 등이 나왔다. 메모지는 이미 젖어 사용이 불가능했다. 손지갑과 화장품 파우치는 가죽제품이어서 그나마 다행이었다. 문제는 휴대폰이었다. 정통으로 물을 맞았다. 배터리 부분에까지 물기가 스며들었다면 골치가 아플 수도 있었다. 수희는 냅킨으로 급히 물기를 닦아냈다. 그런 다음 지금껏 꺼두었던 휴대폰의 전원 버튼을 눌렀다. 정말 오랜만에 누른 것이었다. 불빛이 껌뻑껌뻑 들어오기 시작했다. 이어 삐리링, 액정화면이 열렸다. 작동엔 문제가 없었다. 수희는 안도했다. 한편으로는 갈등도 올라왔다. 급한 마음에 휴대폰 전원 버튼을 눌렀지만, 아직 바깥소식과 마주할 준비는 돼 있지 않아서였다. 부팅이 끝나면 부재중전화가 쏟아질 것이다. 그걸 확인할 자신이 없었다.

'다시 끌까?'

하지만 이미 전원은 거의 다 들어온 상태였다.

*

신춘문예 당선 전화를 받은 이후 사방에서 축하 인사가 날아왔다. 수희가 적극적으로 당선 소식을 알렸기 때문이었다. 나쁜 소식은 한두 사람에게만 알려도 삽시간에 퍼지지만 좋은 소식은 일일이 그리고 자세히 알려야 한다는 게 수희의 지론이었다. 거의 모든 지인에게 연락을 돌린 수희였지만 유독 학교에는 당선 소식을 알리지 않았다. 남편이 의아해했다. 수희는 잠자코 있으라는 말만 했다. 남편 역시 이곳저곳에 아내의 당선 소식을 알렸다. 옛 회사 동료들이 축하 메시지를 보내왔다. 동료들과 오랜만에 연결이 되어서인지 남편의 태도도 조금 달라졌다. 다시금 사회활동을 하고 싶어 하는 눈치였다. 수입 목재 사업에 대해서도 전향적으로 고려해보겠다고 입장을 바꿨다.

동창회장 은설은 중학교 동창단 명의로 화환을 보내왔다.

'경축! 자랑스러운 동창 장수희, 신춘문예 당선!'

스탠드형 생화여서 꽤 비싸 보였다. 화환 띠에는 축하 메시지를 전하는 동창들의 이름이 적혀 있었다. 꽃 값을 갹출한 10여 명의 명단이었다. 마음속으로 무시해왔던 동창들이지만, 그래도 화환에 새겨진 이름들을 보니 고맙고 반가웠다. 명단에 명주의 이름은 없었다. 그 사실이 수희를 더 기쁘게 했다. 은설은 명주에게도 신춘문예 당선 소식을 알렸다고 했다. 하지만 무슨 일 때문인지 명주의 이름은 없었다. 당선 축하 전화도 없었다. 주제 파악을 해서 질투심을 느꼈을 것이라는 게 수희의 추측이었다.

그렇게 꿈결 같은 시간이 지나고 새해가 밝았다. 수희는 이날을 손꼽아 기다렸다. 1월 2일자 신문에 신춘문예 당선작들이 실리기 때문이다. 수희는 현관에 배달된 L일보를 들고 방으로 돌아왔다. 문화면을 펼치니 신춘문예 당선작들이 나왔다. 소설 부문에서는 유럽 지중해 연안을 돌며 신붓감을 찾아다니는 40대 농촌 총각의 이야기가 뽑혔다. 희곡 부문에서는 『파우스트』의 운명론과 〈매트릭스〉의 존재론을 섞은 듯한 난해한 작품이 선정되었다. 일반 시 부문에서는 헤어졌다 다시 만난 연인의 감정선을 묘사한 「그래, 또 그리고」 외 네 작품이 뽑혔다. 그리고 동시 부문에는 수희가 당당히 이름을 올렸다. 응모작 다섯 편 중 당선작으로 뽑힌 건 동네 만화방 할아버지의 모습을 관찰한 「꿈꾸는 할아버지」였다.

'어?'

수희는 의외라는 표정을 지었다. 응모작 중 가장 기대하지 않았던 작품이었다. 응모 편수를 맞추기 위해 끼워넣다시피 한 동시가 이변을 일으킨 것이었다.

*

삐링! 삐링! 삐링!

휴대폰 전원이 들어오자 부재중전화 알림음이 울려대기 시작했다. 오래 이어지진 않았다. 액정화면에 찍힌 부재중전화는 모두 30통이었다. 300통이 넘을 줄 알았는데 생각보다 적었다. 다행이다 싶으면서도 한편으로는 서운했다. 수희는 부재중전화 내용을 확인했다. 남편에게서 온 전화가 7통, 친정 식구들로부터 온 전화가 7통, 언론사 기자들에게서 왔을 거로 추정되는 전화가 13통, 그리고 스팸전화가 3통이었다. 문자 역시 예상보다 훨씬 적게 들어와 있었다. 스팸문자를 제외하고 25통 정도가 와 있었다. 뒤늦게 소식을 접한 아들이 미국에서 보낸 문자가 3통이었고 학교와 교육청에서 온 문자가 각 4통 그리고 나머지는 남편이 보낸 것들이었다. 미우니 고우니 해도 수희를 가장 걱정하는 건 남편이었다.

 -자기, 대체 지금 어디 있는 거야. 밥은 잘 챙겨먹고 있어?
 -교육청에서 출두 연락이 왔어. 제발 휴대폰 좀 켜.
 -빨리 연락 좀 줘. 교육청 감사관실에서 당신 파면 여부를 결정할 모양이야.

 남편의 문자를 확인한 수희는 입술을 꼭 깨물었다. 교사직이 날아갈 위기에 처해 있었다.

*

 신춘문예 시상식은 1월 중순에 있었다. 수희는 아침

일찍 미용실로 향했다.

세련돼 보이면서 튀지 않게, 고급스러우면서 지적이게.

미용실 원장에게 주문한 내용이었다.

"어디 결혼식이라도 가세요?"

원장이 머리에 분무기를 뿌리며 물었다. 그녀는 30대 후반의 과부였다. 뚱뚱하고 손이 두꺼웠지만 의외로 가위질이 날렸다. 그래서 수희는 이곳 미용실을 자주 찾았다. 서로에 대해서도 어느 정도 아는 사이였다.

"결혼식은 아니고요. 다른 행사가 있어서……."

수희는 일부러 말끝을 흐렸다. 모호하게 운을 떼면 호기심 많은 원장이 알아서 질문할 것이기 때문이었다.

"다른 행사요? 어딜 가시기에……. 방학중이어서 학교 갈 일도 없으시잖아요."

"사실은…… 시상식이 있어요."

"시상식이요? 무슨?"

예상대로 원장이 궁금해했다. 수희의 입꼬리가 연하게 올라갔다.

"신춘문예에 시가 당선됐거든요. 그래서 상을 받으

러……."

"어머나, 정말요?"

원장이 놀란 표정을 지었다. 이 역시 수희의 기대를
벗어나지 않았다.

"네, 그래서 오전 11시까지 신문사에 가야 해요. 잘
좀 꾸며주세요."

"정말 대단하세요. 초등학교 선생님이신 줄로만 알
았는데, 신춘문예까지 정복한 시인이시라니."

원장이 호들갑을 떨었다. 별거 아니라고 손사래를
쳤지만, 수희는 뿌듯한 기분을 감출 수 없었다.

치익치익!

원장이 다시금 분무기를 뿌렸다. 수희는 눈을 감았
다. 할일이 많은 하루였다. 시상식 후 신문사 관계자들
과 점심을 함께해야—시상식 후 당선자들과 신문사
관계자들 간 식사는 L일보의 오랜 전통이다—했고, 식
사 후엔 은행에 방문해 대출 상담을 받아야 했다. 수입
목재 사업 자금 마련을 위해서였다. 오후엔 우체국에
들러 아들이 부탁한 눈 영양제를 소포로 부쳐야 했고,
저녁엔 친정 식구들과 식사를 해야 했다. 축하를 겸해
호텔 일식당을 예약해두었다.

일정을 정리한 후 수희는 눈을 떴다. 거울 속에 가위를 든 원장의 모습이 들어 있었다. 그 뒤로 테이블을 치우고 있는 보조미용사의 모습도 비쳤다. 평소보다 일찍 출근해서인지 부스스한 얼굴이었다. 잡지를 정리하던 보조미용사가 테이블 위에 놓아둔 수희의 휴대폰을 집어들었다. 소리를 최소로 해놓아 수희에게는 들리지 않았으나, 벨이 울리고 있는 모양이었다.

"손님, 전화 왔는데요."

보조미용사가 거울에 비친 수희의 얼굴을 바라보며 말했다. 수희는 커트보를 하고 있어 전화를 받기가 어려웠다.

"에이, 센스하고는. 지금 머리 손질중이시잖아. 네가 일단 받아봐."

원장이 보조미용사를 가볍게 나무랐다. 그 말에 동의한다는 의미로 수희도 고개를 끄덕였다. 보조미용사가 휴대폰 통화 버튼을 눌렀다. 음성이 잘 안 들리는지 "네? 어디시라고요?"라며 목소리를 높였다. 느낌이 이상했다. 수희는 원장에게 머리 손질을 중단하라고 한 뒤 보조미용사에게 물었다.

"왜 그래요? 누구 전화예요?"

"직접 받아보시겠어요. 신문사라는데요."

보조미용사가 수희에게 휴대폰을 건넸다. 신문사? 수희는 급히 커트보를 들춰내고 휴대폰을 받았다.

"네, 장수흽니다."

최대한 목소리를 가다듬으며 교원의 말투를 취했다. 수화기 너머 목소리는 달랐다. 꽤 급한 말투였다.

"여보세요? 지난번 당선 통보 전화드렸던 송민준 기자입니다. 기억하시죠?"

기자의 빠르고 차가운 어조에 수희는 당황했으나, 애써 침착한 목소리를 유지했다.

"네, 송 기자님, 안녕하세요. 지금 시상식 가려고 준비중이거든요."

"……."

그러나 기자는 말이 없었다. 뭔가 망설이는 듯했다.

"기자님, 왜 그러세요? 무슨 일 있나요?"

"선생님, 죄송하지만……."

"……?"

"시상식에 오실 필요가 없겠습니다."

기자의 통보에 수희는 깜짝 놀랐다.

"그…… 그게 무슨 말씀이시죠? 시상식에 올 필요

가 없다뇨?"

수희의 목소리가 높아졌다. 기자는 딱딱한 말투로 대답했다.

"동시 당선이 취소됐습니다."

"네?"

수희는 휴대폰을 떨어뜨릴 뻔했다. 정신이 아득해지며 뒤통수가 멍해졌다. 수희의 안색이 변하자 원장과 보조미용사도 놀란 표정을 지었다.

"이…… 이미 당선 통보를 받았는데, 갑자기 왜 취소가 되었다는 거죠? 이…… 이런 일도 있나요?"

수희가 떠듬거리며 물었다.

"그걸 왜 제게 물으시나요? 이유는 선생님이 더 잘 아실 것 같은데요!"

기자가 짜증 섞인 말투로 답했다. 수희는 더 통화를 이어가지 못했다. 뭔가가 크게 어긋나 있었다. 휴대폰을 미용 경대 위에 떨어뜨리듯 내려놓았다. 이마에 열이 오르기 시작했다.

'결국…… 이렇게 된 건가. 그것…… 때문인가?'

머릿속에 그때의 자습 시간이 스쳐갔다.

학교에서 돌아온 소룡은 골치가 아팠다. 해야 할 숙제가 많았다. 특히 동시를 써오라는 숙제가 머리를 아프게 했다. 자습 시간에 떠들었다고 갑자기 부과된 것이었다.

'할머니 제사도 있는데.'

가족행사가 있는 날이었다. 소룡은 숙제에 손도 못 댄 채 큰집으로 향했다.

제사를 지내는 와중에도 마음이 무거웠다. 어떻게 시를 써야 하나, 답답했다. 소룡은 글 쓰는 걸 싫어했다. 그렇다고 아무렇게나 써서 제출할 수도 없었다. 그랬다간 담임이 망신을 줄 게 뻔했다. 1학기 동시 수업 때 된통 덴 적이 있었다. 날짜와 번호가 일치한다는 이유로 소룡은 발표를 해야 했다.

제목: 일요일

오늘은 일요일, 즐거운 일요일
놀이동산 긴 줄은 짜증이 난다

어서 빨리 내 차례가 왔으면

오늘은 일요일, 즐거운 일요일
갑작스러운 소나기는 짜증이 난다
어서 빨리 이 비가 그쳤으면

오늘은 일요일, 즐거운 일요일
목사님의 말씀은 짜증이 난다

끝까지 읽기도 전에 담임은 발표를 중단시켰다.

"이게 시야? '즐거운 일요일'이라고 해놓고 다음 행에선 짜증나는 일만 나열하고 있잖아!"

담임의 지적에 반 아이들이 와하하! 웃음을 터뜨렸다.

"앞뒤가 하나도 안 맞네. 1, 2학년 꼬맹이들도 이보다는 잘 쓰겠다."

담임의 독설이 이어졌다. 창피를 당한 소룡은 이후 시 창작이라면 몸서리가 쳐졌다. 그런데 담임이 다시 동시를 써오란다. 약점을 노린 게 분명했다.

이런저런 생각을 하다보니 제사가 끝났다. 빨리 집

에 가고 싶었지만, 어른들이 밀린 얘기를 나누기 시작하면서 그럴 수가 없었다. 특히 큰엄마의 딸 자랑이 늘어졌다. 소룡의 사촌누나 세희는 외국어고에서도 두각을 보이는 모범생이었다. 빼어난 영어 실력은 물론이고, 수학과 과학도 잘했다. 심지어 글까지 잘 썼다.

"어느 쪽으로 진로를 잡아줘야 할지 모르겠어. 애가 재주가 많으니."

큰엄마가 침을 튀기며 말했다. 소룡은 슬그머니 자리에서 일어났다. 큰엄마의 자랑이 역하기도 했지만 '너는 왜 사촌누나처럼 못 하니!'라는 의미로 쏘아보는 엄마의 눈빛이 불편해서였다.

안방에서 나온 소룡은 사촌누나의 방으로 들어갔다. 아무도 없었다. 세희는 야간자율학습이 있어서 제사에 참석하지 못했다. 세희의 책상 위에 노트북이 놓여 있었다. 전원 버튼을 눌렀다. 인터넷 검색이나 하려 했다. 위이잉, 전원이 켜지다 말고 화면이 멈췄다. 비밀번호로 잠겨 있었다. 소룡은 투덜거리며 책꽂이 쪽으로 눈을 돌렸다.

'뭐 읽을 게 있나.'

좌우를 살폈다. 교과서와 참고서 외엔 별다른 게 없

었다. 그나마 읽을 만한 건 영어 교재 옆에 꽂혀 있는 K중학교 졸업 문집이었다. 세희가 졸업한 중학교였다. 소룡은 졸업 문집을 펼쳐보았다. 교장선생님과 교감선생님의 인사말 다음에 학교 연혁 및 교가가 나왔다. 학교 정경을 담은 사진도 몇 장 실려 있었다. 그다음부터 졸업예정자들이 쓴 작품들이 이어졌다. 수필, 콩트, 시 등이었다.

'세희 누나가 쓴 건 어디쯤에 있나?'

소룡은 빠르게 책장을 넘겼다. 그리 어렵지 않게 누나의 작품을 찾을 수 있었다. '시 코너' 메인 페이지에 실려 있었다. 큰엄마가 침을 튀길 만큼 글쓰기에도 소질이 있는 게 맞았다. 읽어보니 내용도 재미있었다. 만화방 할아버지를 소재로 한 것이었는데 쉬우면서도 짜임새가 있었다. 소룡의 머리에 번쩍 생각이 스쳤다.

'세희 누나의 시를 베껴 숙제로 내면?'

괜찮을 것 같았다. 유명 시인의 작품이라면 담임에게 들킬 수도 있겠지만, 중학교 졸업 문집에 실린 것이니 그럴 위험이 없을 듯했다. 소룡은 책꽂이에서 A4용지를 한 장 꺼낸 후 세희의 시를 베껴 쓰기 시작했다. 잘 쓴 시니까 발표를 하게 되더라도 망신당할 일은 없을 것 같았다.

중간쯤 옮겨 적었을 무렵이었다. 끼이익, 방문이 열렸다. 소리를 느낀 소룡이 쓰기를 멈췄다. 고개를 돌려 보니 큰엄마가 들어오고 있었다. 허걱! 소룡은 급히 종이를 감췄다.

"너 여기서 뭐 하니?"

큰엄마가 의심하는 표정으로 물었다.

"아, 아무것도 아니에요."

소룡이 머리를 저으며 말했다. 그러나 큰엄마는 간단한 사람이 아니었다.

"뒤에 감춘 게 뭐야?"

매섭게 눈을 뜨며 소룡에게 다가섰다. 조카아이가 딸 방에서 혹시라도 이상한 짓을 한 건 아닌지 의심하는 눈초리였다. 소룡은 우물쭈물 아무 대답도 못 했다. 죄지은 사람처럼 이리저리 눈만 굴렸다.

"숨긴 거 이리 내!"

큰엄마가 외쳤다. 잔뜩 겁먹은 소룡은 숨겼던 종이를 건넸다. 큰엄마는 주머니에서 돋보기를 꺼낸 후 종이를 뚫어져라 살펴보았다. 내용을 읽어내려가는 큰엄마의 표정이 조금씩 풀어졌다.

"으응? 이거 우리 세희가 쓴 시잖아."

큰엄마가 누그러진 말투로 물었다.

"네, 마, 맞아요."

소룡이 떠듬거리며 대답했다.

"이걸 왜 종이에 쓰고 있었어?"

"너무 심심해서 누나 방에 들어왔는데요. 졸업 문집
이 있기에 읽어봤거든요."

"그런데?"

"세희 누나의 시가 너무 좋더라고요. 그래서 집에 가
서도 읽으려고 메모를……."

"그래? 호호호!"

큰엄마가 웃음을 터뜨렸다. 가뜩이나 딸 자랑에 입
이 부르트는 큰엄마였다. 시가 얼마나 좋았으면 사촌
동생이 메모까지 하고 있었을까, 생각하며 뿌듯해했
다. 큰엄마는 노트북 옆에 비스듬히 놓인 K중학교 졸
업 문집을 집어들었다.

"애야, 세희의 시가 그렇게 좋다면……."

"……."

"이거 가져가렴."

"네?"

"이 책 가져가라고."

큰엄마가 졸업 문집을 소룡에게 건넸다. 여분의 책이 두 권 더 있으니 가져가도 된다고 했다. 소룡은 멀뚱멀뚱 큰엄마를 올려다보았다. 숙제에 베껴 쓸 시가 한 편 필요했을 뿐이었다. 책을 받아봐야 들고 가기도 귀찮았다. 하지만 안 받겠다고 했다간 또다른 의심을 살 수도 있었다.

"고…… 고맙습니다."

떨떠름하게 인사하며 졸업 문집을 받아들었다. 그때까지만 해도 소룡은 몰랐다. 그 책이 엄청난 파문을 몰고 오리란 걸…….

*

수희는 신춘문예 준비로 바쁜 나날을 보내고 있었다. 마감 일정은 다가오는데 학교생활 틈틈이 시를 써야 하니 조급함이 깊어갔다.

그러던 어느 날이었다. 서둘러 퇴근을 준비하던 수희는 다시 자리에 앉았다. 주간 업무일지를 정리해야 했다. 신춘문예 준비 때문에 차일피일 미루던 일지였다. 오늘도 제출하지 않았다간 교장에게 한소리 들을 수 있었다. 그런데 이런, 업무일지가 보이지 않는다. 지난번 작성 후 첫번째 책상 서랍에 넣어두었는데 열어보니 없었다. 두번째 서랍을 열어보았다. 역시 없었다. 세번째 서랍에도 없다면 교무실로 내려가서 찾아봐야 했다. 서둘러 세번째 서랍을 열었다. 있었다! 서랍 앞쪽에 업무일지가 꽂혀 있었다. 업무일지 아래에 또 뭔가가 보였다. 흐트러져 있는 원고지였다. 수희는 업무일지를 제쳐둔 채 원고지부터 집어들었다.

'이게 뭐지?'

기억을 더듬어보았다. 아, 맞다. 아이들이 제출한 숙제였다. 자습 시간에 떠든 두 아이에게 숙제를 내준 일이 있었다. 재찬에게는 자연재해 극복 사례를 조사해오라고 했고, 소룡에게는 동시를 써오라고 했다. 원고지에 적혀 있는 건 소룡이 제출한 동시였다. 바빠서 읽지 못하고 업무일지와 함께 서랍 속에 넣어두었다가 이번에 발견한 것이었다. 수희는 찬찬히 소룡의 숙제를 읽어보았다.

제목: 만화방 할아버지

오늘도 손님은 두세 명
만화책 위엔 먼지가 가득

그래도 헐헐헐
할아버진 웃으시네요

비디오가게였을 땐
일손이 모자랐대요

하지만 인터넷 발달로
영화테이프는 구석에

만화방으로 바뀐 뒤
잠시 붐비기도 했지만

스마트폰 등장으로
다시 파리만 윙윙

갈수록 가게는 작아지고
할아버지 머리는 하얘지고

그럼에도 변함없는 건
밝고 시원한 웃음소리

헐헐헐
괜찮아, 꿈들을 가져갔으니

생각보다 재미있었다. 만화방 할아버지의 초탈함을
살핀 아이의 시각이 투명했다. 표현도 쉽고 간결했다.
만화방에 다니는 소룡을 자주 혼냈는데 이런 결과물이
나올 줄은 몰랐다. 수희는 원고지와 업무일지를 챙긴
후 주차장으로 내려갔다.
차 안에서도 소룡의 동시가 계속 머릿속을 맴돌았
다. 냉정히 보면 특별한 내용은 없었다. 표현도 미숙했
다. 하지만 이상하게도 마음을 잡아끄는 무언가가 있
었다. 수희는 집에 도착하자마자 소룡의 원고를 다시
꺼내 보았다. 그러곤 책상에 앉아 거슬리는 표현들을
가다듬어나갔다. 베끼려는 의도는 아니었다. 이렇게

수정하면 더 낫지 않을까, 하는 생각에 첨삭을 한 것이었다. 하지만 이리저리 수정을 해도 결국은 원래의 테두리로 돌아왔다. 구성을 바꾸면 얼개가 흐트러졌고, 시어를 바꾸면 상투성이 드러났다. 결국, 단어만 몇 개 수정하고 마지막에 연을 하나 추가하는 것으로 교정을 마쳤다. 제목은 '만화방 할아버지' 대신 '꿈꾸는 할아버지'로 바꿨다.

제목: 꿈꾸는 할아버지

오늘도 손님은 두세 명
만화책엔 먼지가 수북

그래도 주인 할아버진 헐헐헐

비디오가게였을 땐
일손이 모자랐는데

인터넷 등장으로
비디오는 구석에

만화방으로 바꿔 잠시 붐볐지만
스마트폰 발달로 파리만 윙윙

갈수록 가게는 작아지고
할아버지 머리는 하얘지고

그래도 변함없는 건
헐헐헐 웃음소리

만화 속 말풍선으로
꿈을 줬다는 할아버지

그거면 됐지 헐헐헐

이렇게 윤색하니 깔끔했다. 그리고 여기서 비극이
일어났다. 욕심이 생긴 것이다.
    '이걸로 신춘문예에 응모해볼까?'
    수희는 소룡이가 제출한 동시를 수정한 '꿈꾸는 할
아버지'를 몇 번이고 읽어보았다. 표절이라고는 생각

하지 않기로 했다. 모방을 통한 재창작이라고 생각하기로 했다. 냉정히 보면 '꿈꾸는 할아버지'는 당선권에 들 만한 작품이 아니었다. 응모 편수를 맞추기 위한 끼워넣기용 정도였다. 만에 하나 당선된다 해도 상황이 복잡해질 것 같진 않았다. 아직 어린 소룡은 신춘문예가 뭔지 모를 나이였다. 그러니 표절 운운하며 따질 위험은 없었다. 그래도 만약을 대비해 학교에는 신춘문예 응모 사실을 알리지 않기로 했다. 그렇게 수희는 '꿈꾸는 할아버지'를 신춘문예 출품작으로 끼워넣었다.

*

"생선구이 나왔습니다."

식당 주인이 연탄불에 구운 삼치를 상 중앙에 놓았다. 그 옆에는 보글보글 끓는 해물순두부와 밑반찬들이 놓였다. 수희는 삼치 살점부터 뜯어 입으로 가져갔다. 억! 곧바로 젓가락을 내려놓았다. 생선 비린내를 견딜 수가 없었다. 스트레스로 인해 신물이 올라온 탓이었다. 수희는 삼치구이를 옆으로 밀어버리고 해물순두부에 숟가락을 댔다. 해물이라고 해봐야 오징어와 조개가 전부인 찌개였다. 삼치구이보다는 무리 없이 넘어갔다. 조미료를 쓰지 않아 국물이 담백했다.

수희는 해물순두부에 기대어 겨우 밥을 넘겼다. 물을 마시며 잠시 숨을 돌리니 테이블 끝에 놓아둔 휴대폰의 은색 코팅이 눈에 들어왔다. 아까 읽은 남편의 문자가 떠올랐다. 교육청 감사관실에서 파면 여부를 논의중이라는 내용. 어느 정도 예상한 일이긴 했다. 그렇다고 파면을 받아들일 순 없었다. 교사직을 잃는다는 건 꿈에서도 있을 수 없는 일이었다. 그것이 현실화된다고 생각하니 뼛속 깊이 두려움이 몰려왔다.

*

신문사에서 공식적으로 밝힌 당선 취소 사유는 표절이었다. '기발표된 타인의 작품을 도용'했다는 것이었다. 처음 문제를 제기한 이는 K중학교 출신 작가였다. 그는 모교 졸업 문집의 자문을 맡고 있었다. 창작활동을 하는 사람이라 매년 발표되는 신춘문예 당선작도 빼놓지 않고 읽었다. L일보 신춘문예란을 살피던 그는 깜짝 놀랐다. 동시 당선작이 눈에 익었다. 자신이 자문한 K중학교 졸업 문집에 실린 시와 유사했다. 아니 유사한 정도가 아니었다. L일보 동시 당선작 '꿈꾸는 할아버지'는 졸업 문집에 실린 '만화방 할아버지'를 통째로 베껴 쓴 수준이었다. 상황의 심각성을 느낀 그는 곧바로 L일보사를 찾아갔다. 사연을 들은 문화부 기자들은 내사를 진행했고, 시상식을 할 즈음 표절로 결론을 내렸다.

이때까지만 해도 이 사건은 '단순 표절 사건' 정도로 마무리될 듯했다. 표절로 인한 신춘문예 당선 취소는 종종 벌어지는 일이다. 크게 번질 사건은 아니었다. 그러나 원작자인 세희가 사실을 알게 되면서 일이 커졌다. 표절작이 나오면 그 소식은 반드시 원작자의 귀에도 들어간다. 그게 문학 세상의 법칙이다. 사실을 접한 세희는 어안이 벙벙한 채로 엄마에게 하소연을 했다. 극성스러운 세희 엄마는 가만히 있지 않았다. 곧바로 표절자의 신상 파악에 들어갔다. ㄱ초등학교 교사라는 정보도 입수했다.

'ㄱ초등학교?'

세희 엄마는 표절자가 근무한다는 초등학교명이 눈

에 익었다. 조카 소룡이가 다니는 학교였다.

'그렇다면 그때 소룡이가?'

순간적으로 제삿날 당시가 떠올랐다. 소룡이 세희의 시를 베껴 쓰고 있던 장면 말이다. 곧바로 소룡을 불러냈다. 잔뜩 겁먹은 소룡은 '모르는 일'이라며 고개를 흔들었다. 세희 엄마는 그냥 넘어갈 사람이 아니었다. 눈을 부릅뜨며 조카를 문초했다. 견디다못한 소룡은 세희 누나의 시를 베껴 숙제로 제출했다고 자백했다. 담임의 이름이 장수희라는 사실도 밝혔다.

모든 조합이 딱딱 맞아떨어졌다. 사실관계를 파악한 세희 엄마는 인터넷 게시판에 글을 올렸다. '초등학교 교사의 비양심적인 표절 행위'라는 제목이었다. 한 초등학생이 사촌누나가 쓴 시를 베껴 숙제로 제출했는데, 담임이 그 시를 다시 베껴 신춘문예에 당선됐다는 내용이었다. 이 황당한 이중 표절 사건은 네티즌들의 관심을 불러일으켰다. 언론사의 취재도 시작됐다. 사건이 기사화되자 분위기는 걷잡을 수 없이 격해졌다. 교사의 비양심적인 행위에 대해 인터넷을 중심으로 성토가 이어졌다. 수희는 상황을 도저히 감당할 수가 없었다. 모든 연락을 끊고 잠수를 탔다.

*

　해물순두부와 함께 밥 반 공기를 비우니 조금 기운
이 났다. 수희는 계산을 마친 뒤 식당 밖으로 나왔다.
추위는 아까보다 더 풀려 있었다. 식당가에서 벗어나
산책길 쪽으로 걸음을 옮겼다. 가로수길이 시작되는
부분에 편의점이 보였다. 보리 음료를 사기 위해 편의
점 쪽으로 향했다. 그때 뭔가가 쌔앵, 소리를 내며 지
나갔다.

　고개를 돌리니 흰색 벤츠의 뒤꽁무니가 보였다. 뒷
좌석에 앉은 중년여인의 모습도 흐릿하게 보였다. 벤
츠는 국도 쪽으로 방향지시등을 켰다. 이곳을 완전히
벗어날 모양이었다. 수희는 벤츠에서 눈길을 거둔 뒤
다시 편의점 쪽으로 걷기 시작했다. 발길은 여전히 무
거웠다. 교육청 감사관실에서 출두 명령을 내린 상태
라면 이젠 명예 추락이 문제가 아니었다. 생존이 문제
였다. 교직에서 파면된다면 뭘 해먹고 살아야 할까. 아
들 유학비도 걱정이었다. 미리 대출이라도 받아놓을
걸, 생각하며 후회했다.

편의점 앞에 이르렀다. 간판이 밝고 큰 곳이었다. 출입문 앞에서 낯익은 두 사람을 발견했다. 옆방에서 질펀하게 방사를 치르던 남녀였다. 옷을 차려입은 그들은 벗고 있을 때와는 느낌이 달랐다. 특히 남자 쪽의 변화가 두드러졌다. 그는 휴고보스 양복에 베르사체 목도리 그리고 윤기가 흐르는 페라가모 구두를 신고 있었다. 부티는 났으나 벗고 있을 때보다 나이는 더 들어 보였다. 머리에 베이지색 모자를 쓴 여자는 빨간색 미니스커트를 입고 있었다. 깜찍한 모습이어서 옷을 벗고 있을 때보다 더 어려 보였다. 남녀의 나이 차는 족히 스무 살은 나 보였다. 그들은 초조한 기색이었다. 황홀경을 헤매던 아까와는 달랐다.

"어떡하죠? 분명 사모님 차가 맞는 것 같아요."

"확실해?"

"네, 분명 흰색 벤츠였어요. 우릴 본 것 같아요."

여자의 입술이 떨렸다. 남자는 난처한 표정을 지었다.

'불륜이 맞구나.'

수희는 볼을 찡그렸다. 흰색 벤츠에 앉아 있던 중년 여인은 남편과 젊은 여인의 연애 현장을 확인하러 온 모양이었다. 수희는 휴대폰을 들여다보는 척하며 두 사람의 대화를 계속 엿들었다.

"이…… 이제 어…… 어떻게 해요?"

"진정해. 일단은 현실적으로 행동하자."

남자가 애써 침착한 말투로 말했다. '현실적'이라는 말에 여자가 눈을 크게 떴다.

"현실적이요? 어떻게요?"

"무조건 잡아떼."

"네?"

"집사람이 불러 다그치거든 무조건 아니라고 하라고."

"그, 그래도……."

"그래야 해. 확실한 물증을 제시하기 전까진 잡아떼는 게 상책이야. 알았지!"

남자의 목소리가 올라갔다. 여자는 여전히 긴장한 얼굴이었다. 그러자 남자는 더욱 목소리를 높였다.

"인정하면 우리 모두 끝장이야! 잡아떼는 데는 장사가 없어. 그러니 현실을 생각하자고."

"아…… 알았어요."

여자가 마지못해 고개를 끄덕였다. 그제야 남자는

휴우, 하고 숨을 몰아쉬었다. 이어 씨익, 억지 미소도 지어 보였다. 어린 여자 앞에서 안절부절못하는 모습을 보인 게 창피한 모양이었다.

"잘할 수 있지?"

남자가 억지로 밝게 물었다.

"네…… 해볼게요……."

여자가 가라앉은 목소리로 답했다. 대답을 들은 남자가 굳었던 표정을 풀었다. 다소 안정을 찾은 모습이었다. 남자가 물을 건네며 여자의 볼을 꼬집었다. 여자가 코를 찡끗거렸다. 그 모습이 사랑스러운지 남자의 눈빛이 다시금 끈적였다. 방에서 여자 팬티를 더듬을 때의 그 눈빛이었다. 잠시 후 두 사람은 팔짱을 끼고 차를 향해 걸어갔다.

남녀의 모습이 점차 멀어졌다. 수희는 편의점으로 들어갔다. 물티슈와 보리차를 샀다. 편의점에서 나오자마자 뜨겁게 데운 보리차를 한 모금 마셨다. 아까보다 한결 몸이 가벼워졌다. 막혀 있던 그 어떤 게 뚫린 느낌이었다.

수희는 해안가 쪽으로 발걸음을 옮겼다. 사방이 어두워 바다는 보이지 않았다. 파도소리가 또렷해지는 것으로 물이 가까워짐을 짐작할 뿐이었다. 바다의 비릿함을 담은 바람이 코를 스쳐갔다. 별로 역하지 않았다. 수희의 마음은 점차 안정을 찾아가고 있었다. 걸을 때마다 머릿속 생각이 착착 열을 맞췄다.

수희는 내일 아침 일찍 이곳을 뜨기로 했다. 집에 돌아가 교육청 출두 준비를 하기로 했다. 중요한 건 역시 현실이었다. 명예 실추는 어쩔 수 없다 치더라도 교사직까지 잃을 순 없었다. 남편의 사업 자금 마련을 위해선 대출도 받아야 했다. 그러려면 직업을 유지해야 했다.

'최대한 잡아떼자.'

수희는 결심했다. 물론 모든 걸 부인할 순 없었다. 「만화방 할아버지」와 「꿈꾸는 할아버지」는 비슷한 게 맞으니까. 아니 거의 똑같으니까. 하지만 제자의 숙제를 베껴서 응모했다는 사실까지는 인정할 수 없었다. 교육청에 출두하면 다음과 같이 해명하기로 입장을 정리했다.

「만화방 할아버지」를 읽은 기억은 없다.
다만 시의 소재를 얻기 위해 여러 책을 뒤적이기는

했다. 또렷이 기억은 나지 않지만 그중 K중학교 졸업 문집이 포함됐을 수 있다.

거기서 읽은 시가 무의식중 뇌리에 박혀 나도 모르게 비슷한 작품이 나왔을 수 있다. 현재로선 나도 정확한 기억을 되살리기가 어렵다.

어찌됐건 기발표작 중 내 당선작과 유사한 작품이 있다는 것에 대해 유감을 표한다. 따라서 신춘문예 당선 취소는 겸허한 마음으로 받아들이겠다.

하지만 제자의 숙제를 가로챘다는 혐의에 대해선 동의할 수 없다.

동시 창작 숙제를 내준 일은 있으나 기말고사 준비 등으로 바빠 읽어볼 겨를이 없었다.

이중 표절과 관련해 양산된 기사들은 나와 관련이 없다. 독자를 끌어모으기 위해 기자들이 자극적으로 쓴 듯하다.

나는 교사의 품위를 손상한 적이 없다. 이에 따라 교직 파면은 받아들일 수 없다.

수희는 잠시 걸음을 멈추고 휴대폰을 켰다. 메모장 기능을 띄우고 머릿속으로 정리한 해명들을 입력하기 시작했다. 키패드를 누르는 손가락이 여느 때보다 빨리 움직였다. 입가엔 살짝 미소가 피어올랐다.

메모장 입력을 마친 뒤 휴대폰을 핸드백에 넣었다. 그리고 해안선을 따라 계속 걸었다. 얼마 후 연한 불빛이 나타났다. 군사용 해안경계선에서 내뿜는 빛이었다. 철조망에 걸린 전등들이 안내 간판을 비추고 있었다.

돌아가십시오. 길이 아닙니다.

문구는 변함이 없었다.

해설

질투는 나의 힘

조형래(비평가, 광주대 문예창작과 교수)

유두진의 『해명』은 심플하다. 이렇게 예정된 파멸로 직진하는 소설을 실로 오랜만에 만났다. 서사가 단순하다거나 시간적으로 선형적인 플롯에 입각해 있다는 의미가 아니다. 심플과 직진의 소설로 평가할 수 있지만 여기에는 보다 복잡한 의미가 개입되어 있다.

아마추어 작가이자 초등학교 교사인 주인공 장수희는 중학교 동창이자 착하고 예쁘기만 했던 친구 김명주가 부유한 재일교포 사업가와 결혼했고 무엇보다도 자기와 마찬가지로 자비출판이기는 하나 시인이 되었다는 사실에 질투를 느끼게 된다. 그도 그럴 것이 과거 수희 자신을 동경하는 기색을 숨기지 못했던 명주가 이제는 은설을 비롯한 주변 동창들의 선망의 대상이 되었기 때문이다. 수희의 남편은 번번이 사업에 실패했고 집안의 주선으로 취직한 공사에서도 퇴직한 지 오래라 작금의 신분이 사실상 서로 완전히 역전되었다는 사실은 그녀 자신이 누구보다도 잘 알고 있다. 명주가 여전히 아름답고 선량한 품성을 유지하고 있을 뿐만 아니라 그녀의 시가 의외로 괜찮다는 점은 수희의 조바심을 부채질한다.

　이러한 상황을 일거에 만회하기 위해 절치부심한 끝에 수희는 소위 '메이저' 신문사가 주최하는 신춘문예 동시 부문에 응모하여 당선되기까지 한다. 하지만 곧 당선작이 학생의 작품을 표절한 사실이 폭로되고 감당 불가능한 추문으로 확산되어 당선이 취소된 것은 물론이고 학교에서 쫓겨날 위기에 내몰린다. 해당 학생 소룡의 동시 또한 수희 자신의 히스테리컬한 압박에 못 이겨 사촌누나 세희의 것을 베껴 숙제로 제출한 것이라는 사실은 아이러니하다. 여론의 공격과 학교 측의 질책을 피해 시골의 모텔로 잠적한 끝에 교사직만은 잃을 수 없다는 판단을 내리고 사실관계 일체에 대해

부정하는 '해명'의 문장을 핸드폰으로 작성하면서 그녀는 짐짓 사태를 낙관해본다. 모텔의 옆방에서 내내 정사를 벌이고 있었던 불륜 커플이, 남자의 아내가 그들을 턱밑까지 추적해온 상황에도 불구하고 끝까지 사실을 부인하면 문제없을 것이라 생각하는 헛된 낙관의 태도에 마치 전염되기라도 한 것처럼 말이다. 하지만 수희가 최종적으로 직면한 해안선 철조망 안내 간판의 "돌아가십시오. 길이 아닙니다"라는 문구는 그녀 자신의 잘못된 선택의 반복을 질타하는 듯하고 또한 예정된 파멸을 최종적으로 선고하는 것 같다.

수희는 결국 명주와의 재회를 계기로 세 번의 시험에 들게 된 셈이다. 명주를 시기하느냐 마느냐, 표절하느냐 마느냐, 해명을 통해 사실을 부인하느냐 마느냐. 세 차례의 시험에서 그녀는 예외 없이 잘못된 선택을 감행한다. 이것이 수희 자신의 허영과 자기기만의 결과라는 것은 말할 필요도 없다. 남편의 처지나 교사 내지는 작가로서의 수희 자신의 위치에 관한 불만과 열등감은 예전부터 잠복해 있었던 것이었음에 틀림없다. 하지만 평소 자각되지 않고 있다가 명주라는 비교 대상의 출현을 계기로 비로소 구체적인 것으로 체

감되는 것이다. 질투는 그녀의 힘이다. 잘못 쓰인 인생의 이야기는 이제라도 최종적인 성공담으로 다시 쓰여야 할 터다. 이러한 요구에 갈급한 그녀에게 있어서 문학 그것도 동시를 매개로 한 작가의 꿈이란 스스로의 부족한 부분에 관한 열등감을 상쇄하고 자신의 신분과 위상을 과시할 수 있는 수단에 지나지 않는다. 즉 이제까지 자비출판 작가로서의 열등감을 간직하고 있었던 그녀에게 있어서 중앙 일간지의 신춘문예에 당선되는 일은 소위 본격적인 작가로서의 상징적 지위 획득이자 타자의 인정이며 무엇보다도 신분 상승의 첩경으로 여겨지는 것이다. 여기에 일반적으로 알려져 있는 문학 특히 동화작가와 교사로서의 본분은 부차적인 것으로 취급될 수밖에 없다. 그런 그녀가 창작과 집필의 어려움에 직면했을 때 표절이라는 쉬운 길을 택하는 것은 이미 예정된 수순이었다고 해도 틀리지 않다. 그리고 알다시피 수희 자신의 허영을 충족시키기 위한 무모한 도전은 잠시 동안의 영광스러운 일장춘몽 후 더 큰 실패와 파국으로 이어진다. 그럼에도 불구하고 그녀가 끝까지 놓지 못한 허영 즉 그 실질적인 내용보다 "완전히 형식화된 가치"에 매달리는 '속물성(snobbery)'(알렉상드르 코제브, 『헤겔 독해 입문*Introduction à la Lecture de Hegel*』)은 눈앞의 현실을 바로 보지 못하도록 한다. 부질없을 '해명'의 문장은 바로 그러한 삶의 태도를 고수한 결과로 쓰이는 것이다. 이 점에서 수희는 결코 변하지 않는다. 즉 그녀는 평면적 인물이다. 스스로의 삶의 태도를 견지한 결과 그녀는 파멸로 직진한다. 서두에서 언급한 '심플'함은 바로 이것을 의미한 것이다.

『해명』은 '작가의 말'에서도 밝히고 있듯이 문단 내 표절 사태를 염두에 두고 쓴 소설일 터다. 하지만 비단 이 문제에만 국한되어 읽히지 않는다. 앞서 언급했다시피 알렉상드르 코제브는 이러한 수희와 같은 인간형을 가리켜 '속물'로, 데이비드 리스먼은 『고독한 군중』(문예출판사, 1999)에서 '타인지향형 인간'이라고 각각 지칭한 바 있다. (두 철학자 또한 모두 염두에 두고 있는 사실이지만) 특히 가라타니 고진은 『근대문학의 종언』(도서출판b, 2006)에서 이들의 견해를 종합하여 이러한 속물 내지는 타인지향의 인간이 후기자본주의사회에 널리 일반화된 인간형으로서 존재한다고 말한다. 수희 역시 그러한 속물에 속한다는 것은 앞서 언급한

대로다. 그녀는 명주는 물론이거니와 스스로에 대해서도 진정한 관심을 갖고 있지 않다. 과거에 자신보다도 못하다고 여겼던 명주와 자신 간 (사회적 인정과 가치의) 우열을 가늠하는 데만 열중한다. 그토록 타자의 인정을 갈구하면서도 어느 누구와도 진실한, 심도 깊은 대화를 나누거나 시도한 적이 없다. 대신 등단이나 해명의 문장 같은 내용 없는 형식에만 매달린다. 이러한 수희의 면모를 오늘날 지금 여기를 살고 있는 우리 자신의 모습과 무관하다고, 그녀는 단지 작가, 교사로서의 본분을 망각한 예외적인 파렴치한 내지는 악인에 불과하다고, 그 어느 누가 단언할 수 있을까. 타인지향의 인간이 일반화되어 있는 오늘날의 후기자본주의사회에서 그야말로 질투는 '나'(를 포함한 우리 모두)의 힘이다.

이 점에서 『해명』은 단순히 문단 내 표절 사태에 관한 문제를 제기하는 데 그치는 소설이 아니다. 한 개인이 자신의 삶의 태도를 반성하지 않고 오로지 견지하려는 관성적 태도를 거울삼아 우리 자신을 돌아보게 만드는 소설이다. 더욱이 코제브가 속물과 구별되는 또다른 역사 이후의 인간으로 지칭한 '동물'을 연상시키는 옆방 불륜 커플의 면모를 감안하면 더욱 그렇다. 앞서 언급한 바와 같이 그들은 자신들의 잘못을 끝까지 인정하지 않으려는 태도에 있어서 수희를 닮았다. 역으로 수희의 타자에의 인정에 대한 갈구 및 해명에 대한 부질없는 희망은 후반부에서 그녀 자신 및 가족들의 생존의 문제와 구별되지 않는 것처럼 그려진다. 수희의 모든 잘못된 선택 특히 최종적인 해명은 궁지에 몰린 그녀 자신의 처지를 타개하려는 생존 욕구에서 비롯된 것인 셈이다. 그것은 마치 본능적, 자동적인 것처럼 나타난다. 거기에는 주체의 성찰이나 자기의식 따위가 개입할 여지가 없다. 이 점에서 그녀 역시 동물로서의 면모를 갖고 있지 않다고 그 어느 누가 단언할 수 있을까.

『해명』은 『소설의 분석』(클리언스 브룩스·로버트 펜 워렌, 안동림 역, 현암사, 1993) 같은 단편소설의 읽기와 분석의 방법에 관한 개론서에 수록되어 있는 몇몇 영미 단편의 고전을 연상시키는 내용과 형식으로 이루어져 있다. 그만큼 주인공이 다소 평면적이고, 어딘가 기시감이 느껴지는 플롯과 스타일로 쓰였다. 인간의 허영과 속물성(과 부차적으로 역사 이후의 인간의 동물성의 문제)에 관해 오래전부터 지적되어왔던 문제를 다루고 있다는 것도 분명하다. 하지만 이러한 내용과 형식의 한국소설을 좀처럼 찾아볼 수 없게 된 지 오래되었다는 사실을 감안할 필요는 있겠다. 하물며 '작가의 말'에서 드러나는 바와 같이 이것을 오늘날의 문제의식과 결부시키려는 나름의 치열한 노력이 경주되고 있었다는 사실을 확인할 수 있었으므로 더욱 그렇다. 고전은 고전이다. 오래된 것은 힘이 세다. 그래서 구본신참(舊本新參)에의 흥미로운 도전과 시도를 감행한 『해명』이라는 소설과의 만남이 더욱 반갑지 않을 도리는 없었던 것 같다. 작가의 또다른 소설을 기대해본다.

작가의 말

제 졸작 『해명』은 실화에서 모티프를 얻었습니다. 한 학생이 타 학교 교지에 실린 시를 그대로 베껴 숙제로 제출했는데, 그걸 본 담임교사가 이를 다시 베껴 공모전에 응모해 당선된 사건……

믿기 힘드시겠지만, 이 이중 표절 사건은 오래전 실제로 있었던 일입니다. 문학 기사를 검색하던 중 우연히 이 해프닝을 접한 저는 한동안 입을 다물지 못했습니다. 그러나 황당함과는 별개로 이 사건은 작가에게 상당히 매력적인 소재였습니다. 고심 끝에 소설화를 결심했고, 예상보다 3배 이상 늘어진 집필 기간 끝에 원고를 마무리할 수 있었습니다.

　여기서 밝혀둘 게 있습니다. '이중 표절 사건'이라는 큰 틀만 실화에서 빌려왔을 뿐, 세부 내용을 구성하는 거의 모든 요소는 허구라는 점입니다. 즉 소설에서 묘사한 등장인물, 지역, 단체, 그 밖에 일체의 설정 및 플롯 등은 제가 창작한 픽션이며 실제와는 아무런 관련이 없습니다. 혹여 현실과 혼동하는 독자분이 계실까 봐 이렇게 짚어둡니다.

　흥미로운 소재이다보니 저도 모르게 펜에 욕심이 들어갔습니다. 추리극으로 갈까? 판타지를 가미해볼까? 아니면 교육소설로? 고민을 거듭했습니다. 해답이 보이질 않더군요. 집필 기간은 계속해서 늘어났습니다. 결국, 표절 사건을 배경으로 한 심리극으로 방향을 잡고 다소 급하게 마무리지었습니다. 분량은 중편과 경장편 사이의 어디쯤에서 머물렀습니다.

　'아, 이게 아닌데.'

　퇴고 후에도 한동안 떫은감을 씹은 듯한 기분을 지울 수 없었습니다. 완성한 원고를 컴퓨터 안에 처박아두고 오랫동안 쳐다보지 않았습니다.

　경기문화재단 창작지원 공모전을 계기로 다시 원고

를 꺼냈습니다. 교정 작업을 위해 찬찬히 원고를 읽어 보았습니다. 그런데 오랜만에 접해서였을까요.

'어라, 생각보다 망작은 아니네?'

느낌이 왔습니다. 자신감을 회복하고 수정 작업에 임했습니다. 불필요한 내용은 과감히 잘라냈고 어설픈 묘사나 장치들에도 칼을 댔습니다. 분량은 중편으로 줄었지만 원고는 보다 매끄러워졌습니다. 경기문화재단에 원고를 보낼 때 '이게 될까?' 하는 의구심은 물론 있었습니다. 하지만 그에 못지않은 자신감도 있었습니다. 이후 시간이 흘렀고 창작지원작으로 선정됐다는 연락을 받았습니다. 발끝에서부터 짜릿함이 몰려왔습니다. 정말 고마웠습니다.

원고가 독자님들께 다가갈 수 있도록 다리를 놓아준 경기문화재단 측에 다시금 감사의 인사를 보냅니다. 이 책을 읽으실 독자님들께도 미리 큰절 올립니다. 여러 혼란을 겪긴 했지만, 이 작품 또한 엄연한 제 정신의 산물입니다. 따뜻한 칭찬이든 날선 비판이든 가감 없는 평가 기다리겠습니다.

그리고 아버지……

당신이 마지막 시간을 보내던 모 대학병원 중환자실이 떠오릅니다. 보호자랍시고 옆에 있긴 했지만, 제가 할 수 있는 건 아무것도 없었습니다. 멍하니 서 있는 제게 간호사가 의자를 갖다주었습니다. 원래 중환자실에는 보호자용 의자를 두지 않습니다. '오늘밤이 고비'라는 의사의 말에 특별 대우를 해준 것이었죠. 저는 의자에 앉아 꺼져가는 당신을 하염없이 바라보았습니다. 그리고 가방에서 노트북을 꺼내 뭔가를 쓰기 시작했습니다. 당신은 코마여서 아무것도 보고 들을 수 없는 상태였습니다. 정신이 있었다면 아마 이렇게 생각하셨겠죠.

'쟤는 죽어가는 내 옆에서 대체 뭘 끄적이고 있는 거지?'

그때 썼던 게 바로 이 소설의 초안입니다. 뒤늦게나마 이렇게 답을 드립니다.

지금도 잘 모르겠습니다. 그때 왜 나는 중환자실에서 소설을 쓰고 있었는지를. 아마 이렇게 어필하고 싶었나봅니다. 당신은 떠나지만 당신의 분신은 이렇게 세상에 남아 뭔가를 창조하고 있다고, 그러니 마음 편히 가셔도 된다고…….

아버지, 당신의 마지막과 함께했던 작품을 이렇게 세상에 내놓습니다. 보이지 않는 곳에서 투박하게 미소 짓고 계실 당신의 얼굴이 그려집니다. 제 몸과 정신을 만드신 당신께 사랑의 인사를 보냅니다.

2023년 12월, 유두진

유두진

2012년 〈머니투데이〉 경제신춘문예에 단편 「옵션」이 대상을 받으며 작품 활동을
시작했다. 2023년 장편소설 『그 남자의 목욕』이 세종도서 교양부문에 선정되었다.
이 외 저서로 장편소설 『일렁이는 시절』, 단편 · 콩트집 『급소』, 산문집 『끼니』 등이
있다.

해명

초판 1쇄 인쇄 2023년 12월 12일
초판 1쇄 발행 2023년 12월 22일

지은이 유두진

편집 이경숙 정소리 이고호 | 디자인 윤종윤 이주영
마케팅 김선진 배희주 | 저작권 박지영 형소진 최은진 서연주 오서영
브랜딩 함유지 함근아 고보미 박민재 김희숙 박다솔 조다현 정승민 배진성
제작 강신은 김동욱 이순호 | 제작처 천광인쇄사

펴낸곳 (주)교유당 | 펴낸이 신정민
출판등록 2019년 5월 24일 제406-2019-000052호

주소 10881 경기도 파주시 회동길 210
문의전화 031.955.8891(마케팅), 031.955.2692(편집), 031.955.8855(팩스)
전자우편 gyoyudang@munhak.com

인스타그램 @gyoyu_books | 트위터 @gyoyu_books | 페이스북 @gyoyubooks

ISBN 979-11-93710-02-9 03810

이 책은 경기도, 경기문화재단의 지원을 받아 발간되었습니다.